Arto Paasilinna

Die wundersame Reise einer finnischen Gebetsmühle

Weitere Titel des Autors:

Der heulende Müller
Das Jahr des Hasen
Die Giftköchin
Die Rache des glücklichen Mannes
Vorstandssitzung im Paradies
Der Sohn des Donnergottes
Im Wald der gehenkten Füchse
Der Sommer der lachenden Kühe
Der wunderbare Massenselbstmord
(auch als Audio erschienen)
Zehn zärtliche Kratzbürsten
Nördlich des Weltuntergangs
Im Jenseits ist die Hölle los (auch als Audio erschienen)
Ein Bär im Betstuhl
Der liebe Gott macht blau (auch als Audio erschienen)
Ein Elefant im Mückenland
Adams Pech, die Welt zu retten
(auch als Audio erschienen)
Vom Himmel in die Traufe (auch als Audio erschienen)
Schutzengel mit ohne Flügel

Titel in der Regel auch als E-Book erhältlich

Arto Paasilinna

Die wundersame Reise einer finnischen Gebetsmühle

Roman

Übersetzung aus dem Finnischen von Regine Pirschel

Ehrenwirth

Dieser Titel ist auch als Hörbuch erschienen

Lübbe Ehrenwirth in der Bastei Lübbe GmbH & Co. KG

Titel der finnischen Originalausgabe:
»Rietas rukousmylly«

Textredaktion: Anja Lademacher, Bonn
Umschlaggestaltung: Gisela Kullowatz
Umschlagmotiv: © istockphoto/Juha-Pekka Kervinen, traveler 1116, Christine Glade
Satz: Dörlemann Satz, Lemförde
Gesetzt aus der DTL Documenta
Druck und Einband: GGP Media GmbH, Pößneck

Printed in Germany
ISBN 978-3-431-03842-2

5 4 3 2 1

Sie finden uns im Internet unter: www.luebbe.de
Bitte beachten Sie auch: www.lesejury.de

1

Am Horizont des in Nebel getauchten Inselarchipels konnte man undeutlich eine seltsame Boje ausmachen, die nicht auf der Seekarte verzeichnet war. Über ihr schwebte kreischend ein Schwarm neugieriger Möwen. Für ein Seezeichen war das Gebilde allerdings zu kompakt und zu kurz, wie ein stumpfer Brocken ragte es aus einer Untiefe im Meer empor. Und so entpuppte es sich aus der Nähe betrachtet denn auch als Mensch. Tatsächlich stand dort ein Mann bis zur Taille im windstillen Meer. Ab und zu entrangen sich seiner Kehle dumpfe Hilferufe, die niemand hörte.

Der Mann im Meer war Entwicklungschef in einer Immobilienfirma und hieß Lauri Lonkonen. Er trug einen durchnässten hellgrauen Sommeranzug, eine blaue Seidenkrawatte und in der Brusttasche ein gleichfarbiges Einstecktuch. Er war kräftig gebaut und um die vierzig. Der Mann versuchte, die Möwen, die ihn bedrängten, zu verscheuchen. Von Zeit zu Zeit landete eines der Tiere frech auf seinem Kopf, um sich die Federn zu putzen und anschließend in seinem Haar einen Klacks zu hinterlassen.

Lauri Lonkonen balancierte vorsichtig auf dem Felsen, der unter dem Wasser aufragte. Dessen mit Algen bedeckte

Oberfläche war so glatt, dass er keinen Schritt zu machen wagte aus Angst, er könnte ins Meer stürzen. Und Lauri wusste, dass das nichts Gutes zur Folge hätte. Zurzeit, Anfang Juni, blieben die Abende lange hell, aber das Meerwasser war kalt, die Bedingungen schwierig. Wegen des Nebels konnte man weder eine der Inseln noch das Festland sehen. So blieb Lauri nur die Hoffnung, dass das Wetter aufklarte, dennoch schickte er auch ein hilfloses Stoßgebet zum Himmel: Möge das ruhige Wetter anhalten und kein Seegang aufkommen. Die gelegentlich von fern her eintreffende, lautlose Dünung durchnässte seine ohnehin feuchte Kleidung schon jetzt bis zu den Schultern, manchmal sogar bis zum Kinn. Lauri sagte sich, dass nun also das Ende seines Lebens ganz nahe wäre. Es würde ein einsamer Tod durch Ertrinken im offenen Meer sein. Die rabiaten Möwen machten ihm mit ihrer Anwesenheit sein schweres Schicksal auch nicht leichter.

Lauri Lonkonen nahm sich vor, nicht klein beizugeben. Er hatte Familie – eine einigermaßen nette Ehefrau und zwei heranwachsende Söhne, die er in dieser harten Welt noch nicht sich selbst überlassen konnte. Lauri hatte von Beginn an nach besten Kräften für sie gesorgt. Er war ein anständiger Mann, wohnte in Espoo und kümmerte sich mit Freuden um den kleinen Vorgarten seines Reihenhauses und die vielen Hobbys seiner Familie. Lauri war auch kein besonders eifriger Trinker, nein, obwohl er im Laufe seines Berufslebens sogar zeitweise als Journalist gearbeitet hatte. Und soeben hatte sich ihm wieder eine neue Lebensphase eröffnet, denn seine Arbeit als Entwicklungschef in der Immobilienfirma war am Vortag zu Ende gegangen. Genau deshalb stand Lauri Lonkonen mit klatschnassem

Ausgehanzug im frühjahrskalten Meer. Eigentlich war es geradezu ein Wunder, dass nicht längst sein Leichnam im Finnischen Meerbusen umhertrieb oder, auch das hätte passieren können, geradewegs auf den Meeresgrund gesunken war, denn Lauri war vor ein paar Stunden von der Leiter eines Swimmingpools auf einem schnellen Ausflugsboot ins Wasser gefallen. Auf der Welt passieren bedauerlich oft Unglücksfälle, große und kleine, das nimmt nie ein Ende.

Lauri hatte an einer Klausurtagung seiner Firma teilgenommen, die im Kasino von Hanko stattgefunden hatte. Die zwanzig Mitarbeiter der Immobilienfirma *Wohnwelt* waren mit einem Charterbus von Helsinki nach Hanko chauffiert worden, dort hatten sie sich zurückgezogen, um über die weiteren Entwicklungen in der Firma und die daraus resultierenden Herausforderungen zu beraten. Man hatte sachlich diskutiert und sich für die Firma ins Zeug gelegt. Lauri Lonkonen hatte einen gut vorbereiteten Vortrag gehalten und neue Ideen präsentiert, deren Verwirklichung der kleinen Immobilienfirma auf dem umkämpften Wohnungsmarkt zum Aufstieg in die obere Mittelklasse verhelfen sollten. Ihm schwebte vor, für die Kunden eine ganz eigene Lebensphilosophie zu entwickeln, bei der es nicht mehr nur ums bloße Wohnen in trockenen Räumen gehen sollte. Der Mensch sollte sich ein Nest schaffen können, dieses nach seinem eigenen Geschmack und dem seiner Familie einrichten und gleichsam in der Wohnung leben, als wäre sie ein Pyjama, den man zur Nacht überstreift. Die Wohnung würde dann über ihn ebenso viel aussagen wie ein Kleiderensemble samt Schmuck und Accessoires über seinen Träger.

Die anderen Chefs und die Mitarbeiter der Immobilienfirma hatten nicht recht begriffen, was das Neue an der Botschaft des Entwicklungschefs sein sollte. Hatten die Leute nicht auch bisher ihre Wohnungen nach ihrem eigenen Geschmack eingerichtet? Sollten sie künftig so etwas wie Wohnfreaks werden? Und wie sollte ein derartiges Verhalten den Wert einer Immobilie steigern können?

Lauri Lonkonen hatte versucht zu erklären: Sollte das modebewusste Wohnen um sich greifen, würden die Leute häufiger ihre Wohnung wechseln, was natürlich auch den Umsatz steigern würde. Einiges deutete bereits auf eine solche Entwicklung hin, auch wenn man bislang noch nicht direkt von Modetrends im Bereich des Wohnens sprechen könne. In Zukunft könnte es aber durchaus normal werden, dass der Mensch seine Wohnung wechseln würde wie seine Kleidung, oder eher noch wie sein Auto. Wenn der fahrbare Untersatz altert und das Modell aus der Mode kommt, dann beginnt die Karosserie zu rosten, und es fallen Reparaturen an. Der Besitzer fackelt nicht lange und marschiert ins Autohaus, um seine alte Schrottkiste gegen einen neuen Wagen einzutauschen. So ähnlich sollten die Leute auch im Hinblick auf Immobilien handeln. Die alte Bude endlos zu renovieren entsprach nicht mehr dem Zeitgeist. Das brachte nur eine Menge Kosten mit sich, und das Ergebnis war nicht immer befriedigend und schon gar nicht besonders chic. Dauernd dieselben alten Wände und der ungünstige Grundriss. In einem neuen Zuhause hingegen hätten die Leute reichlich Gelegenheit, modischen Trends zu folgen, und nebenbei würden sie ihr überschüssiges Geld in die Kassen der Immobilienfirma schaufeln.

Lauri Lonkonen bezeichnete seine Gedanken als neue »Wohnidee«, glaubte aber, einen griffigeren und ansprechenderen Slogan entwickeln zu können, sofern man ihm genügend Zeit gab und ihm die nötigen Mittel garantierte, damit er an seiner Idee feilen konnte.

Der flotte Vortrag riss weder die Kollegen mit, noch konnte er Lauris Stellung als Entwicklungschef der Firma festigen.

Am zweiten Tag der Klausurtagung sprach ein externer Experte, ein Banker aus dem Nachbarland Schweden, und er berichtete davon, welch ausgezeichnete Erfahrungen man dort mit der Rekrutierung junger, aufstrebender Fachkräfte gemacht hatte. Mehrere Unternehmen hatten sämtliche Mitarbeiter über vierzig entlassen, ungeachtet ihrer fachlichen Qualifikationen und ihrer Arbeitsmoral, und dafür jüngere Leute eingestellt, manche erst zwanzig, die meisten um die dreißig. So hatte die Unternehmensleitung ein Überaltern der Belegschaft verhindern können. Tatsächlich nämlich waren Vierzigjährige auf dem besten Wege, einfach zu alt zu werden. Bald schon würden sie in Rente gehen, und was sollte dann aus der Firma werden, wenn man nicht rechtzeitig vorsorgte und jüngere Mitarbeiter engagierte?

Der Bericht wurde von den Chefs und besonders von den jungen Mitarbeitern der *Wohnwelt* begeistert aufgenommen. Die positiven Erfahrungen der Schweden betrachteten sie als Ansporn, diese Neuerung auch in der kleinen finnischen Immobilienfirma einzuführen.

Am Nachmittag legte Geschäftsführer Ralf Soininen beim Spaziergang im Park des Kasinos seinem Entwicklungschef nahe, ebenfalls über einen anderen Schonplatz nach-

zudenken. Lauri fragte, ob das als Kündigung zu verstehen sei, worauf der Geschäftsführer bestätigte, dass seine Äußerung durchaus so interpretiert werden konnte. Er versprach seinem Entwicklungschef bereitwillig ein halbes Jahr bezahlten Urlaub.
Lauri dachte über sein Alter nach. Er war in der Tat im Winter vierzig geworden, fühlte sich aber trotzdem weder ausgebrannt noch hatte er je einen Gedanken ans Rentnerdasein verschwendet.
Gegen Abend wurde die Klausurtagung mit einer unterhaltsamen Schiffstour beendet. Die Firma hatte ein geräumiges und schnelles Ausflugsschiff gemietet, das mit der Belegschaft eine Tour durch den Nationalpark Inselarchipel machen sollte. In der Kombüse hantierte ein Koch, der ein schmackhaftes Essen zubereitete. Auf beiden Decks wurde Sekt ausgeschenkt, außerdem nach Wunsch auch Wein oder Bier. Die Stimmung war ausgelassen und fröhlich. Auf der Tagung hatte man viel Neues und Interessantes erfahren, man hatte den Zusammenhalt, zumindest unter den jungen Mitarbeitern, gefestigt, hatte wunderbare Pläne für die Zukunft geschmiedet und überhaupt viele angenehme Eindrücke gewonnen.
Die allgemeine Ausgelassenheit erfasste freilich nicht jeden Teilnehmer. Lauri Lonkonen und ein paar andere ältere Mitarbeiter mochten in den Frohsinn der jüngeren Kollegen nicht einstimmen.
Lauri Lonkonen trank ein Glas Sekt und ging dann, erfüllt von trüben Gedanken, aufs Unterdeck und nach hinten zum Swimmingpool. Er schloss die Tür zum Salon, setzte sich auf die Leiter des Pools und lehnte sich ans Geländer, er war ganz allein. Ihm war zumute, als wäre er unschul-

dig zu einer harten Strafe, schlimmer noch als Gefängnis, verurteilt worden. Beschäftigungslos für den ganzen Rest seines Lebens. Dabei war er noch relativ jung, wie er fand.

Am späteren Abend, zur Zeit des Sonnenuntergangs, breitete sich unglaublich schöner Nebel auf dem Meer aus. Die Abendkühle ließ das Metallgeländer des Swimmingpools feucht werden. Auf dem oberen Deck vergnügte sich die übrige Gesellschaft lautstark, einige Teilnehmer gingen auf die Brücke und erkundigten sich beim Kapitän, wie viele Knoten das Schiff machte und wie schnell es beschleunigen konnte. Geschäftsführer Soininen bat um Erlaubnis, kurz die Leistung der Motoren erproben zu dürfen. Widerstrebend willigte der Kapitän ein, wies Soininen allerdings darauf hin, dass er abrupte Bewegungen vermeiden sollte, das Schiff verfügte über mehr als 400 PS.

Kaum hatte Soininen die Erlaubnis erhalten, setzte er sich auch schon auf den Platz des Steuermanns, er packte die Gashebel, zog sie kräftig zurück und erschrak selbst darüber, wie das Schiff vorwärtsschoss. Die Beschleunigung war so unglaublich vehement, dass Lauri Lonkonen, der unten am Swimmingpool saß, sofort vom glatten Aluminiumdeck ins Meer rutschte. Das Schiff brauste davon, bevor sich der Ärmste an der Leiter des Pools festhalten konnte. Die feiernden Kollegen hörten seine Hilferufe nicht, sie schrien selber lauthals im Rausch der Geschwindigkeit. Als der Kapitän das Schiff wieder übernahm, hatte es sich schon weit von Lauri Lonkonen entfernt, der inzwischen im Meer paddelte. Bald hüllte Nebel das Schiff ein. Lauri schwamm im kalten Wasser, allein und dem Tode nahe.

Der unglückliche und arbeitslose Entwicklungschef schwamm auf den feuerrot schimmernden nordwestlichen Horizont zu. Der Sonnenuntergang war unglaublich schön. Es war eine grausame Ironie des Schicksals, in einer so wunderbar schönen Meereslandschaft ertrinken zu müssen. Lauri sah im Geiste seine Frau und seine Kinder vor sich, auch seine Freunde, schließlich kamen ihm sogar fromme Gedanken. Denn die Situation war immerhin ernst genug, um dem lieben Gott womöglich bald Arbeit zu verschaffen.

2

Produktentwickler Kalle Homanen, 43, Privatunternehmer und Erfinder, war in seinem Laboratorium mit der Verwirklichung seiner neuesten Ideen beschäftigt. Für die Arbeit nutzte er zwei Räume im Keller eines Mehrfamilienhauses in Martinlaakso. Er selbst wohnte in einem kleinen Zweizimmerappartement in Espoo. Homanen hatte eine Frau und drei Kinder, Letztere hatten bereits das Elternhaus verlassen, die beiden Töchter studierten, der Sohn war bei der Armee.
Kalle Homanen war eng mit Lauri Lonkonen befreundet. Die beiden Männer kannten sich von der Armee, also seit zwanzig Jahren. Beide hatten zur selben Zeit ihren Wehrdienst in Hiukkavaara bei Oulu, in der Schützenkompanie der nördlichen Brigade, abgeleistet. Bei ihrer ersten Begegnung wären fast die Fäuste geflogen, denn beide hatten das obere Bett in der Rekrutenstube für sich beansprucht. Es war jedoch nicht zur Schlägerei gekommen, denn der aus Rauma stammende Zugführer, Feldwebel Rannikko, hatte im schönsten Dialekt seiner Heimat erklärt:
»Sie da liegen erst mal oben, und Sie da nehmen die untere Koje.«
Lauri bekam das obere Bett, und Kalle musste nach unten. Als sie beklagten, dass sie die Befehle des Feldwebels nicht

verstehen würden, wies er sie an, in die Buchhandlung zu gehen, sich das Werk von Hj. Nortamo mit Volksweisheiten aus Rauma zu kaufen und diese auswendig zu lernen. Andernfalls bekämen sie zwei Wochen Ausgehverbot und müssten außerdem jeden Abend den Fußboden im Hauptflur der Kompanie bohnern.
Lauri und Kalle wurden also mit dem speziellen Dialekt von Rauma bestens vertraut. Während sie den Wortschatz paukten, wurden sie gute Freunde. Am Ende kamen sie auf die Idee, selber den Dialekt zu benutzen, und zwar immer dann, wenn die anderen Rekruten oder sonstige Außenstehende nichts von ihrem Gespräch verstehen sollten. Die Sprachkenntnisse waren ihnen vor allem im Tanzlokal nützlich, wenn sie verbotenerweise den Kauf von Schnaps planten oder sich darüber austauschten, wer welches Mädchen nach Hause bringen sollte. Nachdem sie den Dialekt erst einmal beherrschten, kamen sie auch mit dem cholerischen Feldwebel besser aus. Später wurde er als Ausbilder in den Flottenstützpunkt Turku versetzt, und beim Abschied schloss er sogar Brüderschaft mit Lauri und Kalle.

Lauri hatte Kalle zu den günstigen Arbeitsräumen in Martinlaakso verholfen, und Kalle seinerseits hatte die veralteten Skontosysteme der *Wohnwelt* modernisiert. Lauri hatte seinem Freund außerdem beim Aufsetzen der komplizierten Patent- und Modellschutzanträge geholfen. Beide waren zudem Mitglieder in der bibliophilen Gesellschaft Finnlands.
Kalles Arbeitsräume erinnerten eher an eine Metallwerkstatt als an ein steriles Laboratorium. Im größeren Raum

standen diverse Arbeitsgeräte: ein Schraubstock, eine Drehbank, eine Bohrmaschine, eine Hobelbank und einiges mehr. In der Mitte prangten zwei riesige Tische, bedeckt mit großen Zeichnungen, den Entwürfen des Erfinders. Im kleineren Raum befanden sich ein Kühlschrank und eine Sitzecke sowie die Bibliothek und der Computer. Hoch oben, fast unter der Decke, waren ein paar schmale Fenster, durch die Kalle hinausschauen konnte, um zu prüfen, ob es draußen regnete oder nicht. Die Arbeitsbeleuchtung bestand aus Neonröhren.

Kalle hatte den ganzen Tag fieberhaft gearbeitet, und es war schon später Abend, aber er machte noch keine Anstalten, nach Hause zu gehen. Seine Frau Anita hatte vorhin kurz hineingeschaut und ihm ein paar Piroggen gebracht, die mit Schinken und Lachs belegt waren. Er hatte Tee gekocht, und sie hatten sich über alles Mögliche unterhalten.

Anita hatte dickes braunes Haar, das ihr bis auf die Schultern fiel. Sie war eine schmucke Person und sich dessen durchaus bewusst. Oft äußerte sie Bedauern, dass sie nach dem Abitur nicht studiert hatte, denn sie besaß, zumindest ihrer eigenen Meinung nach, ausgezeichnete Voraussetzungen für hohe und anspruchsvolle Posten. An der Seite von Kalle und als Mutter dreier Kinder sowie bei zweitrangiger Büroarbeit war ihr Leben ziemlich eintönig gewesen, und ihre angeborenen Fähigkeiten waren nicht recht zur Geltung gekommen. Allerdings war Kalle ein durchaus akzeptabler Ehemann und auch keineswegs dumm.

Die studierenden Töchter des Ehepaares hatten bereits Sommerferien, beide hatten einen Ferienjob angenom-

men. Ihr Studium verlief bestens. Der Sohn würde zum Wochenende auf Urlaub kommen. Kalles Frau fand, dass die Mädchen zum Sommer ein Auto brauchten, und Kalle versprach, ihnen sein altes zu überlassen. Er würde sich ein neues kaufen.
Kalle Homanen hatte seinerzeit keine fachliche Ausbildung erworben, er war kein Ingenieur, nicht mal Techniker. Trotzdem hatte er sich mithilfe von Fachliteratur ein umfangreiches technisches Wissen angeeignet – im Grunde genommen entsprachen seine Kenntnisse, vor allem aber seine praktischen Erfahrungen, mindestens denen, die ein Ingenieursstudium vermittelt. Kalle hatte in vielen Metallwerkstätten und -fabriken gearbeitet und im Laufe seines Lebens unzählige Erfindungen gemacht, von denen etliche patentiert worden waren. Den größten Teil seines jetzigen Einkommens bildeten somit auch die Vergütungen aus seinen Patenten.
Im Keller des Martinlaaksoer Mehrfamilienhauses hatte es Ratten gegeben, aber Kalle hatte ihnen mit einem hinterhältigen Apparat den Garaus gemacht. Das Gerät bestand aus einer Blechkiste von der Größe eines Koffers und einem ausgeklügelten Locksystem, dem die Tiere nicht widerstehen konnten. Auch diese Rattenfalle war patentiert worden, und die Produktionsrechte hatten, vor allem aus China und Japan, hübsche Summen auf Kalles Konto gespült, insgesamt mehr als vierzigtausend Euro. Als Erinnerung an die Ratten des Hauses gab es in der Ecke des Arbeitsraumes einen großen Vogelkäfig mit einem Hamsterrad darin, das von einer fahlgrauen Rattengreisin angetrieben wurde. Als Anita ihren Besuch beendet hatte und wieder gegangen war, fütterte Kalle das Tier mit Piroggen-

krümeln. Er gab ihm auch Wasser, und, derart gestärkt, flitzte die Ratte eine gute halbe Stunde im Hamsterrad herum.

Kalle Homanen hatte allerdings gerade im Moment Interessanteres vor, als sich mit seiner alten Ratte zu beschäftigen. Er hatte eine, wie er fand, revolutionäre Methode entwickelt, mit der sich die Luftwirbel eliminieren ließen, die die großen Düsenflugzeuge verursachten und die beim Starten und Landen die Flugsicherheit auf den stark frequentierten internationalen Airports gefährdeten. Heutzutage war der Flugverkehr so lebhaft, und die Maschinen stiegen in so kurzen Abständen auf, dass der Sog einer startenden Maschine sofort durch einen neuen verstärkt wurde. Die enormen Luftwirbel, die die Düsenmotoren hinter sich erzeugten, schädigten unter Umständen die nachfolgenden Maschinen. Im schlimmsten Falle konnte es dazu kommen, dass sie nicht mehr zu steuern waren und sogar abstürzten.

Kalle Homanen hatte lange über das Problem nachgedacht und war zu dem Schluss gekommen, dass es nützlich wäre, hinten an den Düsenmotoren regulierbare Querblätter aus Aluminium anzubringen, mit deren Hilfe sich die Luftwirbel jeweils nach den Seiten oder, alternativ, nach oben oder unten lenken ließen. So bräuchten sich die nachfolgenden Maschinen nicht mehr vor den starken und gefährlichen Wirbeln in Acht zu nehmen. Kalle hatte berechnet, dass die Querblätter nicht sehr groß zu sein brauchten, denn wichtiger als ihre Größe wäre die richtige Anbringung am hinteren Teil der Motoren. Sobald die Maschine ihre normale Reiseflughöhe erreicht hätte, könnten die Blätter für die Dauer des Fluges eingeklappt, in Ruhestellung gebracht werden, damit keine Bremswirkung von ihnen ausginge.

Das war eine grandiose Idee, die nach dem Entwurf eines Patentantrags oder zumindest nach Ideenschutz für die Planungsphase verlangte. Und da wäre wieder Kumpel Lauri gefragt. Schade nur, dass Lauri Entwicklungschef in der Immobilienfirma war. Kalle hätte sich gewünscht, dass sie sich zusammentun und eine gemeinsame Entwicklungsfirma gründen würden, die die Patente für seine Erfindungen besorgte und die Produkte weltweit vermarktete.

Außer den Wirbelverteilern für Düsenmaschinen hatte Kalle eine ganze Reihe weiterer faszinierender Ideen entwickelt. Zurzeit bastelte er an einer viersprachigen Gebetsmühle, eine Erfindung, die besonders in der dritten Welt auf Interesse stoßen würde. Die moderne Gebetsmühle wäre eine Art sprechender und Rat gebender Talisman, oder besser noch ein mechanischer Freund, der sich um die religiösen und gegebenenfalls auch um die anderen Probleme seines Besitzers kümmern würde. Die Mühle würde ihm sagen, wie er in schwierigen Situationen handeln und zu welchem Gott er beten sollte, welchen Göttern er wiederum lieber nicht vertrauen und wie er sich vor betrügerischen Sekten hüten könnte. In der Gebetsmühle ließen sich mithilfe der modernen Technik bis zu einer Million Alternativen unterbringen, aus denen das Gerät dann selbstständig jene wählen würde, die am besten zur jeweiligen Situation passte. Das Gerät wäre also eine Art Mittelsmann der Gottheit, ein Interpret zwischen Weltlichkeit und Religion. Kalle schätzte, dass die Gebetsmühle, wenn sie eines Tages in Serienproduktion ginge, höchstens

anderthalb Kilo wiegen würde, sodass sie auch auf Reisen genutzt werden könnte.
Kalle machte sich allerdings Gedanken darüber, ja er begann sogar zu befürchten, dass das komplizierte Hochleistungsgerät von allein und ohne menschliche Hilfe irgendwelche sonderbaren Botschaften aussenden könnte. Vielleicht würde es sogar etwas Gefährliches initiieren …, es kam immerhin durchaus vor, dass Maschinen und Geräte streikten oder so reagierten, als besäßen sie die Intelligenz und Charaktereigenschaften eines Menschen.
Kalle erinnerte sich an ein seltsames Unglück, das kurz nach dem Krieg auf dem Bauernhof seines Großvaters in Mittelfinnland passiert war. Bei starkem Gewitter, während die Blitze zuckten und der Donner grollte, war der im Schuppen abgestellte Traktor ganz von allein angesprungen und in vollem Tempo losgefahren. Er hatte die Wand des Schuppens durchbrochen, war auf den Hof geprescht und hatte unterwegs dem draußen angepflockten Bullen ein Hinterbein zerquetscht. Das außer Rand und Band geratene Fahrzeug hatte erst wieder zur Ruhe gebracht werden können, als das Gewitter abgeklungen war. Zuvor hatte es am Waldrand dicke Kiefern gerammt.

Den Christen, so sagte sich Kalle, brauchte er die Gebetsmühle nicht anzubieten, aber was sprach dagegen, dass er für sie ein Kruzifix für den Haus- und Reisegebrauch entwickelte, das sprechen und seinen Besitzer in Glaubensfragen beraten könnte? Und selbst wenn es nicht zum Mittler zwischen Gott und gläubigem Nutzer taugen würde, so sollte es doch zumindest fromme Lieder singen können.

Kalle Homanen arbeitete noch an vielen weiteren Ideen, die zu brauchbaren Erfindungen werden könnten, allerdings benötigte er die Hilfe von Lauri Lonkonen.
Kalle rief seinen Freund an, wurde aber enttäuscht. Lauri antwortete nicht, und es gab auch keine Mitteilung von seinem Handy. Im Laufe des Abends versuchte Kalle es immer wieder, aber eine Verbindung kam nicht zustande. Das war so gar nicht Lauris Art. Im Allgemeinen sorgte er dafür, dass er erreichbar war, und schaltete nicht einfach grundlos sein Handy ab. Kalle beschloss, Lauris Frau Irma anzurufen. Er entschuldigte sich, dass er sie so spät noch störe, aber er habe ein besonders wichtiges Anliegen. Irma berichtete, dass ihr Mann an einer Klausurtagung seiner Firma in Hanko teilgenommen habe und längst zusammen mit seinen Kollegen im gecharterten Bus zurück sein müsste, doch aus irgendeinem Grunde zu Hause noch nicht aufgetaucht sei. Womöglich sei er versackt?
»Ein bisschen seltsam ist das Ganze schon. Lauri kommt normalerweise nicht verspätet von seinen Reisen heim und schlägt eigentlich auch nicht über die Stränge.«
Kalle Homanen beschloss, bis zum Morgen zu warten und dann einen neuen Kontaktversuch zu starten. Es konnte ja durchaus möglich sein, dass der solide und seriöse Mann nun, nachdem er vierzig geworden war, doch noch übermütig wurde, es einmal richtig krachen ließ und vergaß, rechtzeitig nach Hause zu kommen.

3

Am frühen Morgen wurde Lauri Lonkonens Situation unerträglich. Seine Füße froren, der ganze Körper war wie taub. Zum Glück hatten sich die Möwen auf ihre angestammten Klippen verzogen.

Lauri war durstig und bekam auch Hunger. Wo war Irma, seine Frau, vermisste sie ihn gar nicht? Wie gern hätte er jetzt ein paar von ihren Eierkuchen und zum Hinunterspülen zwei Glas Weißwein. Unsinn, nicht nur zwei Glas, lieber gleich eine ganze Flasche, und zwar halbtrockenen Elsässer Weißen. Aus einem Kristallkelch, kein billiger Plastikbecher, nicht in dieser Situation. Beim Abschiedstrunk galt es, den Stil zu wahren.

Er war müde, aber wenn er jetzt im Meer einschlafen würde, bedeutete das unweigerlich den Tod durch Ertrinken. Er musste wach bleiben und auf den Morgen warten. Vielleicht würde sich dann die Sicht bessern, und jemand würde ihn aus seiner misslichen Lage befreien. Wenn nur das ruhige Wetter anhielte! Bei Sturm würde er sich nicht auf dem Felsen halten können. Lauri zerrte sein Handy aus der Tasche. Es war nass geworden, das Display blieb dunkel. Zum Glück war die Armbanduhr wasserdicht, die Zeiger standen auf vier. Noch viel Zeit, um dazustehen und über sein Leben nachzudenken.

Gegen sechs Uhr morgens kam eine leichte Brise auf, die ein dickes Bündel Seile vor sich hertrieb, wahrscheinlich waren sie von irgendeinem Handelsschiff gefallen. Bald darauf trieben etwa zwanzig große Ballen vom offenen Meer heran, aber was sie enthielten, blieb Lauri verborgen, da die Packen zu weit weg waren und er keine Lust hatte, hinzuschwimmen, um den Inhalt zu untersuchen.
Wenige Minuten später kam ein weiterer Ballen angeschwommen, und diesmal trieb er fast direkt in Lauris Arme. Der Ballen war etwa einen Meter lang und einen halben Meter dick, und er war mit durchsichtiger Plastikfolie umhüllt. Die Seiten waren mit Worten in kyrillischen Buchstaben beschriftet, woraus Lauri schloss, dass es sich um Ware handelte, die von einem russischen Frachtschiff über Bord gegangen war. Er riss die Verpackung auf. Zum Vorschein kamen rote und gelbe Gummistiefel, Erstere in kleinen Kindergrößen, die Letzteren dafür riesig, offenbar für Bergleute bestimmt. Erfreut suchte sich Lauri das größte Paar heraus, das so aussah, als ob es ihm passte. Ohne Bedenken stieß er seine Slipper von den Füßen und schlüpfte langsam in die Gummistiefel. Er musste sich zu dem Zweck so tief niederkauern, dass sein Kinn die Wasseroberfläche berührte. Es klappte. Sein bisheriges Schuhwerk kam an die Oberfläche. Wieso schwammen seine Schuhe eigentlich? Lauri nahm an, dass die Slipper sich schon bald mit Wasser vollgesaugt hätten, auf den Grund sinken und vielleicht den Miesmuscheln der Ostsee als geeigneter Unterschlupf dienen würden. Jetzt standen seine Füße fest und sicher auf dem glitschigen Felsen. Seine eigenen Sommerschuhe hatten einst eine ordentliche Stange Geld gekostet, sie waren das Qualitätsprodukt

einer Schuhfabrik aus Tampere, aber ihnen jetzt nachzutrauern war sinnlos. Wichtig war einzig und allein, dass er auf dem Felsen im Wasser Halt hatte, der Gummiindustrie des Nachbarlandes sei Dank.

Lauri griff sich mehrere Paar Kinderstiefel, schüttete das Meerwasser aus und steckte in einen der Stiefel sein Handy, in der Hoffnung, dass es allmählich trocknen und dann wieder funktionieren würde. Die übrigen Exemplare sollten ihm dazu dienen, die Möwen zu verjagen, falls sie wieder aufkreuzen und sein Haupt als Rastplatz missbrauchen würden. Und so geschah es, dass gleich das erste kreischende Biest einen roten Gummistiefel an den Kopf bekam und nach dieser bösen Überraschung von weiteren Störungen absah. Der große, kräftige Mann stand, mit Gummistiefeln an den Füßen, in einer Untiefe des Inselarchipels und zeigte ein zufriedenes Siegerlächeln.

Lauri trocknete weiter sein Handy im Kinderstiefel, und der Erfolg stellte sich ein, als er den Akku unter den Achseln wärmte. Es war Sonntag, sodass seine Frau nicht antwortete, als er sie anrief. Irma pflegte am Wochenende stets bis mittags im Bett zu liegen. Das Verschwinden des Gatten änderte nichts an ihren Gewohnheiten. Daraufhin rief er seinen guten Kumpel Kalle Homanen an, aber dessen Telefon war besetzt. So blieb ihm nichts weiter übrig, als weiter aufrecht auf dem Felsen im Inselarchipel zu stehen. Zum Glück hatte er solide Gummistiefel an den Füßen, sodass ihm nur mehr Schlafmangel, Hunger und Durst zu schaffen machten. Die Hoffnung wollte er trotzdem nicht aufgeben. Wer weiß, was das Leben noch alles für ihn bereithielt. Sorgenvoll dachte er, dass, wenn man ihn nicht innerhalb der nächsten vierundzwanzig Stunden retten würde, seine Füße in dem frühjahrskalten Wasser, das vermutlich kaum mehr als zehn Grad hatte, erfrieren könnten. Die schweren Bergmannsstiefel waren voll Wasser, aber anders als in den flachen Sommerschuhen erwärmte sich das Wasser durch die Fußarterien, sodass vorerst keine unmittelbare Erfrierungsgefahr bestand. Auch die Knie froren nicht, denn die Stiefelschäfte reichten bis zu den Oberschenkeln. Lauri wertete es als göttlichen Glücksfall, dass das Stiefelpaket direkt zu ihm geschwommen war. Denn ohne wäre er sicher längst mit abgestorbenen Füßen zusammengebrochen und womöglich als Folge der Hypothermie ertrunken.

Dem in Seenot geratenen Mann ging so allerlei durch den Kopf. Wäre angesichts des nahenden Todes nicht der richtige Moment, die Bilanz seines Lebens zu ziehen? Aber welche? Nichtiges Leben, noch nichtigerer Tod. Schade nur, dass die Werke *Pfeffer des Hohns und Salz des Spotts* von Larin-Kyösti und *Das Haus des tragischen Dichters* von Jarkko Laine, die er sich als Abendlektüre zur Klausurtagung mitgenommen hatte, in seiner Reisetasche auf dem Schiff geblieben waren. Hier hätte er Zeit gehabt, sich in die Texte zu vertiefen, die Gedanken und die wunderbare Sprache der Autoren zu genießen. Andererseits – die Bücher wären kaum mehr in lesbarem Zustand gewesen, das Meerwasser hätte sie verdorben, und die Umschlagbilder wären längst verblasst.

Da seine Frau nicht antwortete, wählte Lauri erneut die Nummer seines besten Freundes. Die wasserdichte Uhr zeigte die siebte Stunde an.

»Hier Lauri, grüß dich. Ich telefoniere mit dem Gummistiefel eines russischen Kindes, und ich habe keine Ahnung, wie lange der Akku noch hält. Alles ist nass, und meine Achseln schwitzen. Würdest du im Namen unserer alten Freundschaft die Notrufzentrale der Küstenwache alarmieren?«

Kalle Homanen erkannte schnell, in welch gefährlicher Situation sich sein Kumpel befand. Er bat Lauri, das Handy abzuschalten und darauf zu warten, dass ein Flugzeug oder Helikopter der Küstenwache ihn aufspürte. Aus den groben Ortsangaben, die er von Lauri bekam, schloss er, dass der Verunglückte sich irgendwo im westlichen Teil des Nationalparks Inselarchipel befand. Wenn es erst heller Tag wäre, würde man ihn sicher schnell finden. Bis dahin müsste er einfach versuchen durchzuhalten.

Kalle alarmierte den Küstenschutz und den Suchhelikopter. Dann rief er den Chef der *Wohnwelt* an und erhielt von ihm wichtige zusätzliche Angaben über die Route, die das Ausflugsboot genommen hatte. Diese Daten gab er umgehend an die Notrufzentrale weiter. Auch Lauris Frau erfuhr endlich vom Schicksal ihres Mannes.

Der Ansturm der Suchmannschaften auf das frühlingskalte Meer begann. Lauri Lonkonens Leben lag jetzt in den Händen der Retter. Kalle Homanen beglückwünschte sich selbst zu seinem zügigen Handeln. Er fuhr zu Lauris Wohnung, um dessen Frau Irma abzuholen. Der Sohn war noch nicht zu seinem Armeeurlaub eingetroffen, und die Töchter verbrachten das Wochenende auswärts, aber Irma hatte die Zeit und auch den Wunsch, mit nach Hanko zu kommen, um Näheres über das Schicksal ihres im Meer verschollenen Mannes zu erfahren.

4

Kalle Homanen und Irma Lonkonen fuhren nach Hanko, wo sie in einem Salon des Kasinos Posten bezogen. Zu diesem Zeitpunkt war es schon fast elf Uhr, und sie konnten nur hoffen, dass Lauri sich weiterhin auf den Beinen hielt. Zum Glück war der Wind, der am Morgen aufgekommen war, nicht sehr kräftig. Im Hafen von Hanko war noch alles ruhig, aber draußen auf dem offenen Meer sah es womöglich ganz anders aus.

Über dem Inselarchipel kreisten ein Rettungsflugzeug und ein Helikopter. Kalle Homanen hatte einige Male Sprechkontakt mit den Piloten. Man erzählte ihm, dass das Wasserflugzeug weite Kreise über dem ganzen westlichen Inselarchipel flog, um sich einen Gesamteindruck vom Suchgebiet zu verschaffen. Der Helikopter hingegen prüfte jeweils Abschnitte von einem oder zwei Kilometern Ausdehnung. Das Flugzeug flog in zwei Kilometern, der Helikopter nur in dreihundert Metern Höhe. So waren gute Sicht und genaue Beobachtung garantiert.

Lauris beide Töchter und auch der Sohn trafen im Kasino ein, die Mutter hatte sie inzwischen über das Unglück informiert. Man verharrte in verzweifelter Anspannung.

Mittags gegen dreizehn Uhr klingelte Kalles Handy. Lauri meldete sich und erzählte, dass er das Flugzeug und bald darauf auch den Helikopter am Himmel gesehen habe. Um auf sich aufmerksam zu machen, habe er beide Arme geschwenkt und sicherheitshalber auch noch einige der roten russischen Kinderstiefel ins Wasser geschleudert. Zumindest im Helikopter habe man ihn und seine Zeichen bemerkt.

»Ehrlich gesagt, die nächste Nacht hätte ich nicht mehr durchgehalten, es ist ganz schön hart, so im Meer zu stehen.«

Am Nachmittag wurde Lauri Lonkonen mit dem Wasserflugzeug nach Hanko und auf direktem Wege ins Gesundheitszentrum gebracht, damit er sich ausruhen und man ihn untersuchen konnte. Seine Frau und die Kinder durften ihn noch am selben Abend besuchen, später auch Kalle Homanen. Der brachte seinem Freund zur Förderung der Genesung die Zeichnungen von der Gebetsmühle mit. Zwar war das Gerät erst in der Entwicklungsphase, und es existierte noch nicht mal ein Prototyp, aber vielleicht würde das Studium der Zeichnungen den Patienten dazu animieren, aus tiefstem Herzen ein Gebet zum Himmel zu schicken und sich für seine Rettung zu bedanken.

»Aber ich bin ja gar nicht gläubig, bin auch kein Hindu und kein tibetanischer Mönch.«

Kalle fand, dass es keine Rolle spielte, welchem Glauben man angehörte und welchem Gott man am Ende für seine Rettung dankte. Sämtliche Götter verstanden sich aufs Anhören von Gebeten, sodass sie einen dankbaren Gruß durchaus registrierten, egal, ob der gerettete Erdenmensch ein geschasster finnischer Entwicklungschef oder ein tibetanischer Mönch war.

Nach diesem Austausch lockerer Sprüche wurde Lauri

ernst und erzählte von seiner Notsituation auf dem Unterwasserfelsen im Meer. Er hatte tatsächlich um sein Leben gebetet, obwohl er überhaupt nicht gläubig war. Das kalte Meer war wie ein strenger Gott gewesen, der Mensch darin wie ein kleiner kümmerlicher Halm. Oder besser gesagt war das Meer bedrohlich wie der Teufel und die ganze neblige Unendlichkeit wie eine kalte Hölle gewesen.

Lauri sagte, dass er in jungen Jahren sogar mal atheistisches Gedankengut vertreten habe und später eine Art Agnostiker geworden sei. Er hielt sich für einen Freidenker, der eigentlich sein ganzes Leben lang ohne die strengen Regeln der Religion und ohne Gottesbegriff ausgekommen war. Für ihn war Gott kein ernst zu nehmender Gegner gewesen, auch kein Helfer, der einen in den schwierigen Situationen des Lebens unterstützte oder wenigstens für Erleichterung sorgte. Aber jetzt, da Lauri diese schlimme Erfahrung machte, siehe da, hatte auch er sich im Augenblick der Not zumindest unbewusst an eine höhere Macht gewandt. Er hatte Zeit gehabt, sich das Wesen Gottes vorzustellen, und es hatte nicht dem weit verbreiteten Bild vom weißbärtigen alten Mann entsprochen. Gott erinnerte nicht an den Weihnachtsmann, auch nicht an einen Menschen, sondern Gott war die gesamte Schöpfung, er war das gewaltige Meer, verkörperte eine riesige Kraft, die bis zu den Wolken und noch höher hinauf reichte. Zu dieser ganzen Größe hatte Lauri versucht zu beten, hatte Gott zu überzeugen versucht, dass es lohnte, einem unschuldigen Menschenkind zu helfen. Was würde der Herrscher des Universums schon verlieren, wenn er einem geschassten Entwicklungschef, der im kalten Meer stand, ein wenig Gnade erwies?

»Ich finde, dass Gott es sich schenken könnte, unsereinem zu zürnen. Wir tun ja unser Bestes, wir beten und leben anständig.«

Kalle war all das nicht unbekannt. Auch er selbst betete hin und wieder, obwohl er keineswegs religiöser als Lauri war. Er schickte seine Gebete sicherheitshalber, also für alle Fälle, gen Himmel.

»Weiß man, ob es nicht doch außerhalb der Vorstellungskraft des Menschen irgendwelche unbekannten intelligenten Aktivitäten gibt? Ich würde jedenfalls nicht schwören, dass das Gegenteil der Fall ist. Im Universum gibt es so viel Ungeklärtes, dass eine Religion, oder sagen wir meinetwegen tausend Religionen samt Göttern und allem, durchaus kein großes Wunder darstellen.«

Lauri musterte seinen Freund etwas erstaunt. War Kalle womöglich doch religiös, einer von denen, die sich bei persönlichen Problemen einer obskuren Sekte anschlossen? Nun, sollte er, das war seine Sache …, Lauri war jetzt einfach nur müde.

»Ich hole dich nach Hause, sowie es dir besser geht«, versprach Kalle und breitete die Blätter mit den Entwürfen für die Gebetsmühle auf Lauris Nachttisch aus.

Zwei Tage später wurde Lauri Lonkonen vom Gesundheitszentrum Hanko in die Klinik von Jorvi verlegt, wo er viele Tage zubringen musste. Man pflegte ihn sorgfältig, und die Unterkühlung führte nicht zu der befürchteten Lungenentzündung. Obwohl der Patient schon in mittleren Jahren war, war seine Kondition gut , und die Krankheit kam nicht zum Ausbruch.

Seine Frau und die Kinder besuchten ihn täglich, ebenso Kalle Homanen, aber die Kollegen machten sich nicht die

Mühe, nach dem ehemaligen Entwicklungschef zu sehen. Er war entlassen worden und fertig. Immerhin war er nicht umgekommen, das war dann auch schon alles, was man in der Firma dazu zu sagen hatte.

Kalle Homanen hielt Lauris Entlassung aus der *Wohnwelt* für einen glücklichen Zufall. Jetzt hatte er einen kompetenten Partner, der sich um die offiziellen Patentanträge und den übrigen Papierkram kümmern konnte. Er erzählte Lauri von der künftigen Arbeit und stellte ihm das gleiche Gehalt in Aussicht, das er als Entwicklungschef in der Immobilienfirma bekommen hatte. Ein anständiges Angebot, das Lauri sofort akzeptierte, und es war ihm Ansporn, nicht allzu lange im Krankenhaus herumzuliegen. Die spannende Welt der Erfindungen wartete! Vielleicht könnte er sogar selbst irgendeine neue Idee verwirklichen. Die Welt war wieder voller Möglichkeiten.

Lauris Bettnachbar in der Klinik war ein betagter Mann, den die Krankenschwestern mehrmals täglich und manchmal sogar nachts umsorgten. Der Alte lag im Sterben. Angehörige besuchten ihn nicht. Er war einsam und erzählte, dass er Angst vor dem Tod hatte, der nicht mehr fern war, wie er vermutete. Er sprach mühsam und abgehackt, aber Lauri konnte seine Worte verstehen.

Lauri erzählte von seinem Seeunfall, und der Bettnachbar nannte es eine heldenhafte Erfahrung.

»Lass uns Freundschaft schließen, dann ist die restliche Zeit unterhaltsamer«, schlug der Alte vor. Lauri hatte nichts dagegen einzuwenden.

Als Lauris Frau Irma zu Besuch kam und ihrem Mann die Hand hielt, beobachtete der Alte die beiden fast neidisch.

Irma Lonkonen war eine kleine Frau mit zartem Gesicht. Sie hatte Staatswissenschaften studiert und arbeitete im Amt für Statistik. Obwohl sie zierlich war, wirkte sie keineswegs schwach oder weich, sondern eher resolut, sie war sachlich, vital und stets voller Tatendrang. Irma hielt Lauris Hände in den ihren, wärmte seine Finger und küsste ihn auf die Stirn. Sie war ein gütiger Mensch. Lauri dachte bei sich, dass sie, statt ihm die Finger zu streicheln, lieber die Füße wärmen sollte, die er sich im Meer verkühlt hatte. Aber sei's drum, sagte er sich und brachte es nicht übers Herz, sie um eine Fußsohlenmassage zu bitten.

Der todkranke Bettnachbar entschuldigte sich und sagte, er sei so einsam, dass er nicht anders könne, als sich in das Beisammensein des Paares einzumischen. Er stellte sich vor:

»Ich bin Rauno, und im November wäre mein achtzigster Geburtstag. Eigentlich wollte ich ein Riesenfest feiern, aber daraus wird wohl nichts, weil ich dann wahrscheinlich schon tot bin.«

Irma gab ihm die Hand und sagte, dass er nicht vom Tod reden solle. So mancher Mann werde heutzutage neunzig Jahre alt.

Der Alte reichte ihr seine knotige Hand, und sie hielt sie in der ihren. Auf das Gesicht des Kranken trat ein schwaches glückliches Lächeln. Es gab auf dieser Welt also doch noch einen guten Menschen, der ihm in die Augen sah und an seinem Sterbebett saß.

Irma sagte ihm, dass er noch einen guten und fast gesund wirkenden Händedruck habe.

»Meine Kraft ist verbraucht, aber seinerzeit war ich im

Arbeitersportbund TUL Bezirksmeister im Dreisprung, und das ist gerade mal fünfzig Jahre her.«

Als das Gespräch in Gang gekommen war, redete der Kranke weiter und beklagte, was mit ihm geschehen würde. Wer würde ihn beerdigen? Seine Frau hatte sich scheiden lassen, und die Kinder waren über alle Berge.

»Bestimmt karrt man mich nächste Woche in die Leichenhalle, verbrennt mich im Krematorium und füllt die Asche in eine Blechbüchse.«

Irma gab dem Sterbenden einen Kuss auf die Stirn. Der Alte seufzte mit gespitzten Lippen, wie schön das gewesen sei. Es sei schon mindestens zehn Jahre her, seit er zuletzt einen Kuss bekommen habe, sagte er. Damals habe ihn im Polizeiarrest von Maunula ein tunesischer Homo geküsst.

»Ich werde ewig dankbar sein, dass ich am Ende meines Lebens noch einem Menschen nah sein darf.«

In seiner vierten Nacht im Krankenhaus schrak Lauri Lonkonen hoch. Sein Bettnachbar fantasierte, anscheinend ging es ernsthaft mit ihm zu Ende. Die Schwestern kamen mehrmals, gaben ihm eine beruhigende Spritze.

Lauri konnte nicht schlafen. Seine Gedanken kreisten um die neue Arbeit, die sein Freund Kalle Homanen ihm angeboten hatte. War das ein Job, in dem man die Welt verbessern konnte? Vielleicht sollte er eine neue Ideologie entwickeln, oder besser noch eine neue Religion? Die vorhandenen Religionen waren einfach zu altmodisch, auch der Gottesbegriff war irgendwie kindisch, ganz wie ein Märchen für Vorschulkinder, an das kaum jemand ernsthaft glauben konnte.

Am frühen Morgen starb der Bettnachbar. Als letzte Worte stöhnte er:

»Von der nächsten Rente muss ich mir ein Moped kaufen. Soliver ist das Beste.«
So schnell war der Mensch tot, ganz wie ein Insekt.
Nach einer Stunde kam die Nachtschwester mit einer neuen Beruhigungsspritze, aber der Patient war bereits ruhig. Sein Leichnam wurde auf eine Bahre gelegt und durch den leeren Korridor geschoben. Lauri begleitete seinen Kameraden auf diesem letzten Weg, aber als die Doppeltür der Leichenkammer erreicht war, sagte man ihm, dass seine Zeit noch nicht gekommen sei und dass er in sein Bett zurückkehren solle. Lauri drückte die Hand des Toten und dachte bei sich, dass auch er sich vielleicht ein Moped kaufen und Dreisprung betreiben sollte.
Und obwohl gerade sein Bettnachbar gestorben war, fühlte sich Lauri in der Form seines Lebens. Der Gedanke an eine neue Ideologie und Religion beflügelte ihn. So schnell wie möglich müssten er und Kalle sich gemeinsam ans Werk machen. Wenn alles gut ginge, würden sie im Zuge internationaler Patentverträge eine neue, die ganze Menschheit mobilisierende Religion entwickeln. Dieser Gedanke hatte göttlichen Glanz.

5

Kalle Homanen erschien im Krankenhaus von Jorvi, um Lauri Lonkonen abzuholen, der in guter Verfassung und voller Arbeitseifer war. Sowie Lauri sich zu Hause gewaschen und seinen im Meer ramponierten Anzug gegen einen neuen ausgetauscht hatte, fuhr er zu seiner neuen Arbeitsstelle, Kalles Kellerwerkstatt in Martinlaakso. Lauri setzte sich im kleineren Raum an den Computer. Der Keller war schmucklos und wirkte wegen des künstlichen Lichtes kalt und öde, aber Lauri gedachte auch nicht, sich lange dort aufzuhalten. Sein Job als Verfasser der Patentanträge und vor allem der anschließende Verkauf der Patente in alle Welt würde ihn häufig auf Reisen führen, er würde viel auf Achse sein. Das war ihm gerade recht. Nach den Erfahrungen in der Immobilienfirma hatte er genug davon, im Büro zu sitzen.

Kalle schlug vor, dass Lauri sich einen passenden Titel aussuchen sollte, der die Kunden beeindruckte. Nach kurzem Überlegen erklärte Lauri, dass er sich mit der alten und bewährten Bezeichnung Entwicklungschef begnügen wolle. Gewissermaßen hatte ja auch diese neue Arbeit mit Entwickeln zu tun, nämlich dem Entwickeln von Ideen bis hin zur Patentreife.

Lauri schätzte, dass er sich bis Mittsommer im Job eingearbeitet hätte. Kalle hatte mittlerweile die erste Prototypversion seiner Gebetsmühle fertiggestellt, zugeschnitten hauptsächlich auf Tibeter. Könnte man nicht hinreisen, um den religiösen Apparat an Ort und Stelle zu vermarkten, wollte Lauri wissen. Kalle bezweifelte das Zustandekommen einer Reise nach Tibet, denn die Chinesen hatten ja das Land schon vor Jahrzehnten besetzt und würden nicht so leicht Visa erteilen, schon gar nicht für westliche Vermarkter von Gebetsapparaten. Sogar der Dalai Lama hatte seinerzeit aus seinem Heimatland fliehen und nach Nordindien ins Exil gehen müssen.

»Reisen wir doch nach Indien«, entschied Kalle. »Dort gibt es wahrscheinlich mehr Nutzer für die Gebetsmühle als in ganz Tibet.«

In der Tat ... Auch Lauri teilte die Vorstellung, dass Indien ein durch und durch religiöser Staat war. Dort blühte natürlich der Hinduismus mit all seinen verschiedenen Strömungen, und vermutlich gab es in Indien auch Muslime. All das musste vor der wichtigen Reise abgeklärt werden. Man könnte auch versuchen, den Dalai Lama, der erst unlängst von einem westlichen Fernsehsender interviewt worden war, höchstpersönlich zu treffen. Lauri ging davon aus, dass sich das mit ein wenig Glück arrangieren ließe.

Die Gebetsmühle war aus vielen alltäglichen Elementen zusammengesetzt: einem Mikrofon, Lautsprecheranlagen, einem Minicomputer und Ähnlichem. Kalle hatte beim Montieren feststellen müssen, dass es sich um kein ganz gewöhnliches Gerät handelte. Er hatte viele Erfindungen in seinem Leben gemacht, aber noch nie eine wie diese. Die Mühle schien ihren eigenen Kopf und eigene Angewohnheiten zu haben, höchst seltsam, und sie war sogar von allein und ohne Akku angesprungen. Sie ließ sich nur schwer leise drehen, da half auch nur manchmal, dass Kalle sie im Arbeitsraum an die Wand warf. Die hölzerne Schutzhülle bekam Dellen, und das Monstrum veranstaltete deswegen einen so grässlichen Lärm, dass Kalle es in Ruhe lassen musste.

Für diesen Apparat wollte er lieber gar nicht erst ein Patent beantragen, das Verfahren wäre lang und teuer. Aber Modellschutz würde er natürlich bekommen. Sein Freund Lauri bereitete also die entsprechenden Unterlagen vor, und nach zwei Tagen waren die erforderlichen Zeichnungen und Dokumente fertig. Kalle prüfte alles und befand es für gut. Schon jetzt flößte ihm das ganze Projekt irgendwie Angst ein.

Lauri schaffte die Papiere zur Post und widmete sich anschließend der Reise nach Indien und den Luftwirbelverteilern für die modernen Düsenflugzeuge.

Kalles Erfindung war im Prinzip einfach, wie es so oft bei klugen Ideen der Fall war. Die Lösung lag in der Form der Querblätter. Sie würden nicht aussehen wie üblich, sondern wären an einer der Kanten gebogen, sodass sie gleichsam die Luftströme an sich reißen und unter dem Einfluss des Druckes in die gewünschte Richtung umlenken würden. Kalle hatte seine Idee im Wasser erprobt. In der untersten Stromschnelle des Vantaanjoki hatte der Prototyp ausgezeichnet funktioniert.

Lauri leitete das Patentverfahren ein. Kalle erklärte, dass womöglich ein Jahr oder sogar zwei vergehen würden, bis er das Patent erhalten würde, aber für die Übergangszeit könnte man Erfindungsschutz durchsetzen.

Lauri fand es belebend, sich außer mit trockenem Papier-

kram auch mit Reisevorbereitungen beschäftigen zu können. Er war nie in Indien gewesen, sodass ihn auch in dieser Hinsicht die Reise interessierte. Um diese Jahreszeit würde es heiß sein in Südostasien, aber das war für einen Mann, der fast zwei Tage im eiskalten Finnischen Meerbusen gestanden hatte, nur von Vorteil.
Zunächst flogen sie mit der Finnair nach Paris, wo Lauri mit dem Hauptkontor der französischen Air France Kontakt aufnahm. Gemeinsam gingen die Freunde ins Büro der Fluggesellschaft, um das System zur Eliminierung von Luftwirbeln vorzustellen. Kalle hatte sogar ein Modell der Querblätter, die hinten am Motor befestigt werden sollten, mitgebracht. Die neue Idee stieß in der Fluggesellschaft sofort auf großes Interesse. Lauri tauschte die Nutzungserlaubnis gegen Flugtickets ein. Er und Kalle bekamen ein ganzes Heft mit Air-France-Tickets, die sie beide berechtigten, mit Maschinen der französischen Fluggesellschaft und auf deren Kosten zu jedem beliebigen Zielort zu fliegen.
Lauri und Kalle schrieben sich eigenhändig Tickets erster Klasse von Paris nach Neu Delhi und zurück aus. Lauri schlug erneut vor, dass sie bei der Gelegenheit auch gleich Tibet besuchen sollten, um die Gebetsmühle zu verhökern, aber Kalle bezweifelte, dass es im Rahmen dieser Reise klappen würde – keiner von ihnen hatte ein Visum für China, und sie hatten auch keinen Kontakt zur örtlichen Bevölkerung, um sich eine Einladung beschaffen zu können. Sie müssten sich also damit begnügen, Exil-Tibeter zu treffen, die seinerzeit vor der chinesischen Besatzung geflohen waren und schon seit Jahrzehnten im Norden Indiens im politischen Asyl lebten.

Die Crew der Linienmaschine der Air France nach Neu Delhi bestand, mit Ausnahme des Flugkapitäns, aus Indern. Lauri und Kalle ließen sich lässig in den Sesseln der ersten Klasse nieder und vertrieben sich die Zeit damit, den Stewardessen und Stewards ihre Gebetsmühle vorzuführen. Der Apparat stieß bei den indischen Crewmitgliedern auf ehrliches Interesse, sie äußerten den Wunsch, hineinsehen zu dürfen. Kalle schraubte die Bodenplatte ab und zeigte ihnen das Innenleben des Geräts.

Die Gebetsmühle war ein Holzkasten von der Größe einer alten Kaffeemühle. Drinnen befand sich ein Akku, aus dem mehrere elektronische Geräte mit Strom gespeist wurden. Ein kleines Handy spielte auf Knopfdruck eine Erkennungsmelodie und zählte dann sämtliche eingegangenen Nachrichten auf. Ferner befand sich in der Mühle ein winziges Aufnahmegerät, das, wenn es in Gang gesetzt wurde, Hindu-Musik spielte, es enthielt außerdem ein Sprachprogramm, das zum Beispiel auf Hindi von der dortigen Religion berichtete. Ferner gehörten direkte Gebete zum Angebot. So erschallte zum Beispiel das altlaestadianische Glaubensbekenntnis in mehreren nordischen Sprachen: auf Finnisch, Schwedisch, Norwegisch und Samisch.

Kalle schraubte die Bodenplatte wieder fest und überließ das Gerät für den Rest des Fluges einem indischen Steward, wobei er ihn davor warnte, den eigensinnigen Apparat zu beschädigen, da dies zu unerwarteten Reaktionen führen konnte.

Als Passagiere der ersten Klasse konnten Lauri und Kalle nach Belieben kostenlose Speisen und Getränke bestellen. So machte das Reisen Spaß, zumal ihnen immer wieder kalter Sekt gereicht wurde.

Von Paris nach Neu Delhi sind es Tausende von Kilometern. Der Flug dauerte mehr als neun Stunden, denn es gab einen Zwischenstopp in Athen, wo die Maschine aufgetankt wurde. Zwar war die Reise lang, doch mit dem guten Essen und den ausgezeichneten Getränken war sie bestens zu ertragen. Die Crew übte sich mit glühenden Wangen im Gebrauch der Gebetsmühle. Der Steward wollte unbedingt mit dem Aufnahmegerät seinen eigenen Gottesdienst auf Hindi aufnehmen. Als er die Erlaubnis bekommen hatte, zog er sich in eine Ecke zurück, um das Vorhaben in die Tat umzusetzen. Die Aufnahme dauerte zwei Stunden, aber das Ergebnis klang äußerst fromm. Lauri und Kalle lernten die Höhepunkte der Andacht auswendig und kamen zu dem Ergebnis, dass sie sich durchaus vorstellen konnten, fromme Hindus zu werden. Lauri fand, dass der christliche Glaube offiziell gegen den Hinduismus eingetauscht werden könnte. Im kalten Wasser zu stehen fiele einem Hindu möglicherweise leichter als einem Lutheraner, dem nur selten göttliche Gnade zuteilwird.

Am Abend landeten sie auf dem internationalen Flughafen von Neu Delhi. Es wehte ein sanfter heißer Wind, und bald klebten ihnen die Kleider am Leibe, denn es waren die heißesten Tage des Sommers. Lauri glaubte, die Abendhitze leicht ertragen, sie sogar genießen zu können. In der Ankunftshalle bekamen sie rasch ihre Koffer, und mit dem Gepäck gingen sie ins Restaurant, um ein paar Sandwiches zu essen und helles Bier zu trinken. Kalle erklärte, dass es sich um echtes Lager handelte, ein Relikt aus der Kolonialzeit.

Die beiden bekamen ihre Gebetsmühle zurück. Sie bedankten sich beim Steward für die neue Aufnahme. Jetzt würde ihnen die Vermarktung des Gerätes noch leichter fallen als vorher, so glaubten sie. Jedenfalls könnten die Hindus die Dienste der Mühle nicht mit der Behauptung ablehnen, dass ihnen falschgläubige Lutheraner etwas aufschwatzen wollten.

Auf dem Flugplatz war eine prachtvolle Militärparade im Gange. Uniformierte junge Burschen marschierten mit vorgehaltenen Sturmgewehren im Takt von dumpfen Trommelklängen. Männer in weißen Gewändern rollten einen breiten roten Teppich aus. Lauri und Kalle versuchten, sich unauffällig zurückzuziehen, aber man führte sie zielstrebig auf den roten Teppich. Mit Schweiß auf der Stirn und umgeben von vielen indischen Düften nahmen sie notgedrungen die Parade ab, mit der Hand an der Stirn und innerem Bedauern, dass die Krawatte im Koffer lag. Sie machten ihre Sache nicht übel, so lange, bis der nigerianische Ministerpräsident, der mit einer Militärmaschine in Delhi gelandet war, auf dem roten Teppich erschien.

Die schweren Gerüche der indischen Gewürze und die Vögel mit den großen Schwingen, die bei ihrem Gesang das Gerassel der Parade nachahmten, all das sagte den beiden Freunden, dass sie sich nicht mehr im Norden befanden. Schweißgebadet und erschöpft von der langen Reise mieteten sie sich in einem klimatisierten Viersternehotel Neu Delhis ein. Sie empfanden es als Wohltat, ein kühles und sauberes Zimmer beziehen zu können. Nachdem sie geduscht hatten, zogen sie sich die Schlafanzüge, also kurze Unterhosen, an und legten sich nieder. Vor dem Einschlafen schaltete Kalle die Gebetsmühle ein. Gemeinsam lauschten sie der Andacht, die der Steward der Air France

aufgenommen hatte, anschließend fielen sie in einen tiefen und kühlen Schlaf.
Am nächsten Tag stellten sich Kalle und Lauri ein Verzeichnis all jener Firmen und Institutionen zusammen, die möglicherweise an einem mechanischen Gott interessiert waren. Kalle fand, dass es günstig wäre, den ersten Kontakt zur indischen Glaubenskultur über Maschinenfabriken und Autowerkstätten herzustellen. In Glaubensfragen hatten Männer der Praxis den meisten Einfluss, größeren noch als Geistliche. Frauen als religiöse Führer gab es heutzutage gar nicht mehr in diesem Land. Die Zeiten von Indira Gandhis Macht waren lange vorbei, und eine ernst zu nehmende Nachfolgerin schien es nicht zu geben.
Gegen Mittag fuhren beide zu Neu Delhis größter Autowerkstatt, die viele westliche Marken reparierte und auch selber produzierte. Die Werkstatt beschäftigte dreihundert Mechaniker, außerdem hatte sie in den Unionsstaaten große Niederlassungen. Das Ganze glich einer Handelskette, die Arme der Werkstatt reichten in sämtliche Provinzen des Riesenlandes. Falls die finnische Gebetsmühle den Technikern dort gefallen würde, könnte sich niemand mehr dieser neuen und kühnen Art der Religionsausübung entziehen, die die beiden Finnen entwickelt hatten. So könnte man dieser Methode zur Weltgeltung verhelfen, die darin bestand, den Einschaltknopf an einem Apparat zu betätigen.

6

Lauri Lonkonen und Kalle Homanen betraten die Werkstatt. Im Gepäck hatten sie den Prototyp der Gebetsmühle und einen großen Stapel Entwürfe sowie eine englischsprachige Konstruktionsbeschreibung. Sie äußerten die Bitte, mit den Ingenieuren und Technikern vertraulich über die Patent- und Produktionsrechte an einer neuen religiösen Maschine verhandeln zu dürfen.

Im Beratungsraum wurden Tee und frittierte kleine Fleisch- und Fischstückchen nebst kleinen runden Broten serviert. Die Zuhörer staunten, als die finnischen Gäste ihre mitgebrachte Gebetsmühle einschalteten, die, während die Gesellschaft Tee schlürfte, einen Hindu-Gottesdienst vom Band spielte. Nach Ende der Aufnahme erkundigte sich der Chefingenieur, ob die Finnen generell ihre religiösen Angelegenheiten maschinell regelten. Kalle erklärte, dass dies keineswegs der Fall sei, sondern sich in Finnland die Gläubigen ein Mal pro Woche in den Kirchen versammelten, um den Predigten der Pastoren zu lauschen und fromme Lieder zu singen. In einigen religiösen Sekten sei allerdings der Gebrauch mechanischer Hilfsmittel erprobt worden. Man habe alte nachgebaute Hexentrommeln sowie, in kleineren Sekten, auch ein Harmonium mit Pedalen oder andere Musikinstrumente wie Geigen und

Tamburins benutzt. Gebetsmaschinen wie der hier vorgestellte Apparat seien jedoch bisher in Finnland nicht mal probeweise zum Einsatz gekommen.

Die Bodenplatte der Gebetsmühle wurde geöffnet, und die Mechaniker und Ingenieure beugten sich über das Gerät. Kalle erklärte die Technik. Zum Erstaunen der Anwesenden vermochte die Mühle selbstständig verschiedene kurze Gebete auf Hindi und sogar indische Musik vom Band abzuspielen.

Kalle schaltete die Gebete bald wieder aus, denn der Chefingenieur war davon nicht sonderlich begeistert. Die Stimmung wurde ein wenig angespannt, während die finnischen Gäste die Konditionen erläuterten, zu denen sie der Werkstatt die Entwürfe und den Prototyp der Gebetsmühle überlassen würden. Kalle meinte, dass es der beste Beginn für eine Zusammenarbeit wäre, wenn man sich über die Höhe der Provision pro Mühle einigen und die Menge der Jahresproduktion festlegen könnte.

Für Vermarktung und Verkauf der Gebetsmühle wäre allerdings fachliche Kompetenz erforderlich, sodass er, Kalle, es am vernünftigsten fände, diese Aufgaben einer darauf spezialisierten Firma zu übertragen. Geeignet wäre beispielsweise ein großer indischer Produzent von Rundfunkgeräten. Eine Firma, die Millionen edler Kofferradios herstellen und verkaufen konnte, wäre ohne Weiteres auch imstande, die weltweite Werbung und den Vertrieb für die Gebetsmühle zu übernehmen.

Lauri schlug vor, dass der finnische Partner pro Mühle etwa anderthalb Euro bekäme. Als Jahresproduktion allein für das Gebiet Indien peilte er eine Million Stück an. Sollte der Verkauf die Million überschreiten, würde die Provision um fünf Prozent gekürzt, und falls drei Millionen Mühlen pro Jahr produziert würden, betrüge die Kürzung zehn Prozent.

Diese Aussichten begannen die Ingenieure und Techniker zu interessieren. Sie zückten die Taschenrechner und Notizblöcke. Der Chefingenieur erklärte, dass man einen vorläufigen Vertrag abschließen, sich auf den Einzelpreis des Prototyps und der Entwürfe einigen und anschließend die Provision für jede produzierte Gebetsmühle festlegen könnte. Den beiden Finnen war es recht.

Kalle schlug vor, dass die Werkstattkette am Ende des ersten Jahres die Herstellungsrechte für eine Million Gebetsmühlen erwerben sollte. Angesichts der Einwohnerzahl Indiens hielt er diese Menge für angemessen. Die Mindestanzahl für chinesische Gebetsmühlen würde seiner Meinung nach ebenfalls eine Million Stück betragen. Darauf meinte Lauri, dass eine Million chinesischsprachiger Gebetsmühlen bei Weitem nicht reichen würde, im Falle Chinas müsste die erste Produktionseinheit mindestens zwei Millionen Exemplare betragen. Der Chefingenieur fand die genannten Zahlen für indische Verhältnisse überdimensioniert. Das Risiko für seinen Arbeitgeber wäre zu hoch. Im schlimmsten Falle würden sich in den Fabriken und Werkstätten die Apparate am Ende nur so türmen. Die Instandsetzung von Fahrzeugen würde dadurch beeinträchtigt, wenn überall Hindugesang aus Unmengen von Gebetsmühlen ertönen würde. Darunter würde das Arbeitsklima leiden. Es würde zu spontanen Streiks kommen, und vermutlich würden die Angestellten aus Frust die Gebetsmühlen zerstören. Kalle und Lauri stellten sich vor, wie frustrierte Monteure die halb fertigen Mühlen vor den Werkstätten auf große Haufen warfen und anzündeten. Bis zum Eintreffen der Feuerwehr hätten die Passanten auf der Straße die einzigartige Gelegenheit, mit anzuhören und anzusehen, wie hundert oder vielleicht sogar tausend Gebetsmühlen gleichzeitig brannten und dabei den Hindus ihre gute alte Religion verkündeten.

»Das wäre ein infernalisches Gepredige«, meinte Lauri.

Kalle schlug vor, die Verhandlungen in gutem Einvernehmen zum Abschluss zu bringen.

Auf keinen Fall sollte der Ruf ihres religiösen Apparates Schaden nehmen. Eigentlich könnten sie sogar um die Gebetsmühle herum eine neue allgemeingültige Religion entwickeln, die sich von den alten Religionen dadurch unterschied, dass sie besonders gut und menschlich war. Die praktischen Voraussetzungen waren geschaffen dank der tüchtigen Maschine, die sie konstruiert hatten, es lag nur noch an der Verhandlungsführung, wann die Produktion richtig in Gang kommen würde.

Auch Lauri äußerte die Meinung, dass es einen weltweiten Bedarf an einer neuen Religion oder Ideologie gab, eine Art gemeinsame Hoffnung der Gläubigen, die erfüllt werden musste. Deshalb würden er und sein Freund Kalle neues humanistisches Gedankengut entwickeln, das der Gebetsmühle als Hintergrundkraft dienen würde.

»Einen Gott brauchen wir wahrscheinlich gar nicht, die bloße Religion dürfte reichen«, sinnierte Kalle.

Lauri pflichtete ihm bei, auch er hielt es für überflüssig, extra einen Gott zu erfinden. Jeder sollte sich seinen eigenen Gott schaffen. Über entsprechendes Ausgangsmaterial verfügte die Menschheit ja in reichlichem Maße.

»Und einen Teufel müssen wir auch nicht haben«, konsta-

tierte der Chefingenieur, der in jungen Jahren Maschinenbau in Manchester studiert hatte.
»Stimmt, und Beelzebub ebenfalls nicht«, ergänzte Kalle.
Sie einigten sich mit den Ingenieuren darauf, die Verhandlungen am nächsten Tag fortzusetzen. Kalle und Lauri versprachen, dann ihren endgültigen Vorschlag für den Verkauf der Rechte und die anzustrebenden Produktionsmengen vorzulegen. Die Ingenieure ihrerseits glaubten, dass auch sie am nächsten Tag wüssten, wie und unter welchen Voraussetzungen die Produktion der mechanischen Götter starten könnte. Beide Seiten waren sich bereits einig, dass die Anfangsproduktion eine Million Stück betragen sollte. Die Ingenieure würden bei den anstehenden Verhandlungen auch darlegen, wie die Herstellung vonstattengehen und wie die Mühlen vermarktet werden sollten.
Später in der Hotelbar entwickelten Kalle und Lauri das Äußere der Gebetsmühle weiter, um es an die Bedürfnisse der indischen Gesellschaft anzupassen. Es schien ihnen angebracht, eine etwas zierlichere Version zu bauen, eine, die sich problemlos an der Lenkstange eines Fahrrades anbringen ließe, sodass der Nutzer sich beim Radeln jederzeit an die Gebetsmühle wenden konnte, etwa wenn er das Gefühl hatte, sich vor Verkehrsunfällen schützen zu müssen.
Dieser Gedanke gefiel Lauri gut. Er schätzte, dass es in Indien mindestens hundert Millionen Fahrräder gab. Selbst wenn nur jeder zweite Drahtesel mit einer Gebetsmühle ausgestattet würde, bedeutete das auf einen Schlag fünfzig Millionen verkaufter Exemplare.

Kalle wollte die Gebetsmühle so gestalten, dass sie auch an Rikschas befestigt werden konnte, die es in Indien ebenfalls millionenfach gab. Den Kunden würde es bestimmt gefallen, in solch einer Hindu-Rikscha unterwegs zu sein. Fahrt und Religionsausübung würden sich dabei großartig miteinander verbinden lassen.
Außer an Fahrrädern und Rikschas müsste die Gebetsmühle natürlich auch in anderen Verkehrsmitteln wie Taxis, Bussen, Booten, Fähren, Schiffen und Passagierflugzeugen installiert werden. Und damit nicht genug, man könnte sie auch in Sportstadien während der Halbzeitpausen laufen lassen, in Klöstern fänden sie natürlich ebenfalls Verwendung, nicht zu vergessen die Schulen, Universitäten und Armeekasernen. Die Mühle sollte zudem Gelegenheit bekommen, ihre Botschaft in Krankenhäusern, Gefängnissen und natürlich in sämtlichen Altenheimen der Welt zu verkünden.

7

Lauri hatte sich für die Reise das ins Finnische übersetzte Kochbuch *Kulinarische Genüsse aus Indien* eingepackt. Er schlug Kalle vor, gemeinsam ein kleines Restaurant zu gründen und darin indische Gerichte zu servieren. So würden sie sich das Reisegeld verdienen und hätten gleichzeitig Gelegenheit, Einheimische kennenzulernen. Kalle war von dem Gedanken sehr angetan und gestand, dass er schon immer von einem eigenen Restaurant geträumt habe, und die passende Gelegenheit sei anscheinend gekommen. Die beiden Freunde mieteten im Zentrum der Stadt ein kleines Lokal, das für den Zweck geeignet schien, und kauften das erforderliche Geschirr und die Küchengeräte.

Ganz so einfach war die Gründung einer gastronomischen Einrichtung in einem fremden Land allerdings nicht. Als Ausländer sahen sich Lauri und Kalle gezwungen, sich durch das Gestrüpp der komplizierten und verzweigten indischen Bürokratie zu kämpfen. Als Erstes mussten sie einen einheimischen Koch einstellen, der gleichzeitig als Strohmann fungierte und auf dessen Namen die Gaststätte offiziell eingetragen wurde. Und das war noch nicht alles. Beide Freunde mussten sich einer ärztlichen Untersuchung unterziehen, mussten ihre Impfausweise und diverse andere Dokumente vorlegen. Die indische Gesundheitsbehörde verlangte außerdem von ihnen die Verpflichtung, in ihrer Gaststätte keine Kinder, keine Personen mit ernsten Erkrankungen und keine unsauberen Bettler zu beschäftigen. Die Gewerkschaften der Branche forderten die Angleichung der Löhne der Mitarbeiter an die geltenden Tarifverträge und die Einhaltung der Arbeitsschutzbestimmungen. Zu allem Überfluss mussten Lauri und Kalle auch noch versprechen, die Angestellten an ihrem Arbeitsplatz oder in den für sie gemieteten Dienstwohnungen nicht zu misshandeln.

Unfall- und Brandschutzversicherungen galt es abzuschließen, auch waren gesonderte Zeugnisse für die Hygiene der Küche und der Vorratskammer erforderlich. Über den Ausschank von Spirituosen wurde natürlich ein eigenes Protokoll angefertigt und unterzeichnet. Und schließlich mussten sich Lauri und Kalle sogar noch verpflichten, in ihrem Restaurant keine Prostitution zu erlauben oder jedenfalls an ihre Gäste keine Freudenmädchen zu vermitteln.

Bei all diesen Formalitäten ging so viel Geld für Bestechung drauf, dass der größte Teil vom Anfangsgewinn der Gaststätte für die Bereitstellung der Bestechungsgelder eingeplant werden musste.

Trotz der komplizierten Bürokratie nahm das finnisch-indische Restaurant seinen Betrieb auf und bot seinen Gästen gelben Kohlsalat an, der einfach herzustellen war und den die Gäste gern aßen. Der Salat entstand aus Frühkohl, kleinen grünen Chilis sowie aus Öl und Kurkuma. Der Kohl wurde in die Gewürzmischung hineingeschnipselt und heiß serviert.

Lauri spezialisierte sich darauf, scharfe Tigerkrabben zuzubereiten. Er marinierte sie einige Stunden in einem Sud, für den er Chili, Kurkuma, Garam Masala und Limettensaft verwendete. Wenn er die Krabben etwa drei Stunden im Kühlschrank kaltstellte, bekamen sie einen besonders feinen Geschmack.

Als Vorspeisen boten die finnischen Besitzer frittierte herzhafte Fisch- und Fleischhappen in einer Gewürzsoße an, die Chili- und Koriandermehl sowie Öl enthielt. Dazu gab es flache Brote und kleine Brötchen. Kalle lernte rasch, Fladenbrote zu backen, und die Gäste lobten sie und fanden, dass sie so knusperig und lecker schmeckten, als kämen sie aus einer indischen Bäckerei.

Den meisten Beifall fand der feierlich als Nachspeise servierte Möhrenauflauf. Außer Möhren waren dafür Vollmilch, Kardamom, Zucker, Butter, geröstete Mandeln und helle Rosinen erforderlich. Die geraspelten Möhren wurden im Ofen weichgegart, und dann wurden die Gewürze untergemischt. Die Delikatesse wurde mit geraspelten Mandeln, Rosinen und indischem Blattsilber garniert.

Das finnisch-indische Restaurant ermöglichte gute Gesprächskontakte mit den Einheimischen. Die Gäste erzählten Lauri und Kalle gern von den Verhältnissen in ihrem Land, von der Geschichte, der Gesellschaft und den Religionen, von der Lebensweise der Menschen und von ihren Traditionen.

Bald integrierten die beiden Konstrukteure der Gebetsmühle eine weitere Besonderheit der indischen Gesellschaft: die Institution des Gurus. Da die gewöhnlichen Menschen den Gurus, religiösen und gesellschaftlichen Autoritäten, nahezu blind vertrauten, beschlossen Lauri und Kalle, auf der Gebetsmühle auch Lehren der Gurus aufzunehmen. Die Zeit würde zeigen, ob das Gerät denselben Einfluss wie ein weiser indischer Guru erlangen könnte. Würde etwa die finnische Regierung künftig bei der Regelung nationaler Angelegenheiten die Gebetsmühle um Rat fragen? Dann würden sicher die Steuern sinken und die Arbeitslosigkeit zurückgehen, vermuteten Lauri und Kalle.

Die beiden lernten den Liberalismus der Hindus schätzen. Viele verschiedene Götter waren erlaubt, obwohl auch der Monotheismus seine Anhänger hatte. Und der Begründer des Hinduismus war nicht bekannt. Die Hindus glaubten ja an keinen Jesus, keinen Buddha, geschweige denn einen Mohammed.

Lauri und Kalle ergänzten das Repertoire der Gebetsmühle auch um die Hymnen und Mantras des Veda. Vielleicht würde das Gerät eines Tages in Finnland eine religiöse Revolution in Gang setzen. Mit welchen Folgen? Zumindest würde es wohl hoch hergehen. Im besten Falle würde sogar der finnische Erzbischof die Mühle um religiösen Rat fragen.

Da sie einmal damit angefangen hatten, speicherten sie gleich die Botschaften sämtlicher in Indien praktizierter Religionen, als da waren Islam, Jainaismus, Sikhismus, Zarathustraismus und Buddhismus. Der Apparat war wie ein Minitempel, jeder Interessent konnte die sonderbarsten Botschaften abrufen. Die Zeiten des Unglaubens waren damit endgültig vorbei, sagten sich die Besitzer des finnisch-indischen Restaurants zufrieden.

Da sie es nun so weit geschafft hatten, setzte sich Kalle in den Kopf, die Gebetsmühle unbedingt dem Dalai Lama vorzustellen, der aus seinem Heimatland Tibet hatte fliehen müssen, als die Chinesen es in den 1950er-Jahren besetzten und mithilfe der Armee die dortige Bevölkerung unterwarfen. Der Dalai Lama war keineswegs der einzige politische Flüchtling, unzählige Tibeter, größtenteils Mönche, waren nach Indien geflohen.

Ein Treffen mit dem Dalai Lama zu organisieren war kompliziert. Sein Sekretär teilte mit, dass der Terminkalender des geistlichen Oberhauptes Tibets bereits für Jahre im Voraus voll sei. Nur in Ausnahmefällen könne man Änderungen vornehmen.

Lauri, der das Telefonat führte, gab sich nicht so leicht geschlagen. Er erklärte, dass es darum gehe, das geistliche Oberhaupt der Tibeter eingehend über die neueste Entwicklung des Hinduismus zu informieren. Bei dem Treffen wollten sie, er und sein Mitstreiter, dem Dalai Lama ein hochmodernes religiöses Hilfsinstrument vorstellen, das sie mit ganz gewöhnlichen Hindus erprobt und mit dem sie ausgezeichnete Erfahrungen gemacht hatten. Der Dalai Lama hätte die einzigartige Gelegenheit, die moderne Andachtsmechanik kennenzulernen und darüber gegebenenfalls auch sein religiöses Urteil abzugeben.

Leider konnten diese Ankündigungen das Interesse des Dalai Lama nicht wecken. Sein Sekretär verwies auf den engen Zeitplan und erklärte, dass in zwei Jahren ein Treffen möglich wäre, sofern die Sache dann noch aktuell sei.

Kalle und Lauri planten eine neue Herangehensweise. Für die Vermarktung der Gebetsmühle wäre eine Sympathiebekundung des Dalai Lama unerlässlich, auch sonst wäre es großartig, einem der einflussreichsten religiösen Führer

der Welt zu begegnen. Darauf durften sie nicht einfach verzichten.
In der nächsten Nacht ersann Kalle eine, wie er fand, ausgezeichnete Methode, an den Dalai Lama heranzukommen. Gleich morgens beim Frühstück eröffnete er Lauri seine Idee. Möglicherweise könnten sie über die Chinesen eine Zusammenarbeit mit dem Dalai Lama erreichen.
»Was?«, rief Lauri verblüfft. Gerade die Chinesen hatten ja den Dalai Lama ins Exil getrieben und sein Reich besetzt, hatten die Tibeter ins Gefängnis gesteckt oder zur Zwangsarbeit verdonnert, hatten wer weiß wie viele der armen Menschen im Laufe der Jahre umgebracht.
Kalle schenkte seinem Freund Tee ein und erzählte ihm dann Einzelheiten. Sie würden mit der chinesischen Botschaft in Neu Delhi Kontakt aufnehmen und den dortigen Beamten die Idee einer Bahnfahrt von Peking bis in Tibets Hauptstadt Lhasa schmackhaft machen. Jene tausend Kilometer lange Bahnstrecke war unlängst in Betrieb genommen worden. Damit existierte eine gute Verkehrsverbindung zwischen Tibet und dem Mutterland China. Aus Sicht der Chinesen würde das Tibets endgültige Verschmelzung mit China besiegeln und damit das Ende des ganzen langen Konfliktes.
Die beiden Freunde besprachen die praktische Umsetzung des Vorhabens. Zunächst galt es, die chinesischen Behörden zu kontaktieren, sich um eine Audienz in der chinesischen Botschaft in Neu Delhi zu bemühen. Dann müssten sie sich die Visa beschaffen. Kalle hatte bereits eine Idee, mit welcher Begründung sie das Visum beantragen würden. Sie würden in der Botschaft angeben, dass sie mit dem neuen, modernen Zug von Peking nach Lhasa reisen

und anschließend ein Buch darüber schreiben wollten, das auch Fotos enthalten solle. Ein berühmter britischer Verlag würde das Buch publizieren und es international vertreiben.

»Ich kann mir vorstellen, dass dieses Projekt den Chinesen gefällt«, freute sich Kalle.

Lauri bestätigte, dass es an sich ein guter Gedanke war, ein Buch zu schreiben, aber hatte Kalle darüber nachgedacht, wer von ihnen den Text verfassen sollte und ob der dann wirklich für eine weltweite Verbreitung geeignet sein würde? Er schimpfte Kalle einen Einfaltspinsel. Buchtexte schüttelte man nicht einfach so aus dem Ärmel, Literatur zu schreiben war schließlich nicht dasselbe, wie Erde umzugraben oder den Fußboden zu wischen.

Diese Zweifel prallten an Kalle ab. Über ein so klar umrissenes Thema könnte jedermann ein Buch fabrizieren, das würde nur ein paar Wochen Arbeit kosten. Natürlich wäre es gut, vorher tatsächlich von Peking nach Lhasa zu reisen. Falls Lauri den Text schreiben würde, könnte er, Kalle, unterwegs die erforderlichen Fotos knipsen. Er hatte sowieso eine geeignete kleine Taschenkamera bei sich.

Lauri fand Kalles Pläne schwindelerregend. Andererseits, was hinderte sie daran, das Ganze auszuprobieren? Und so entwarf er noch am selben Tag in seinem Hotelzimmer englischsprachige Inhaltsangaben für drei Eisenbahnbücher. Das erste war ein Reisebericht über die neue Trasse Peking–Lhasa, eine Strecke von tausend Kilometern, beginnend in Peking und dann weiter durchs chinesische Hochland bis in die Hauptstadt Tibets. Lauri fand inzwischen selbst, dass man diese Reise unbedingt machen und ein Buch darüber schreiben müsste. Und das Beste: Es

sollte ein Bildband werden. Von Kalles Fotokünsten war Lauri zwar nicht recht überzeugt, aber er selbst hatte schließlich auch noch nie einen Buchtext geschrieben, sodass sie also beide zu lernen haben würden.
Einmal in Fahrt gekommen, dachte sich Lauri gleich noch zwei weitere Projekte aus. Er schrieb außerdem einen Entwurf für ein Buch, das die legendäre Fahrt im Orient-Express von London nach Istanbul zum Thema haben sollte. Darüber hatte ja schon Agatha Christie ihren populären Kriminalroman geschrieben, aber was hinderte sie beide daran, über dasselbe Thema einen neuen und vielleicht sogar besseren Bericht zu verfassen?
Und noch eine dritte Buchidee entwickelte er: Diese längste Bahnfahrt würde in Helsinki beginnen und in Wladiwostok, im fernen Ostasien, enden. Lauri bestimmte mithilfe des Weltatlasses, dass die Strecke zehntausend Kilometer lang, wenn nicht sogar noch länger war. Spätabends ließ er sich seine Entwürfe an der Hotelrezeption ausdrucken und gab sie Kalle zu lesen. Der war überzeugt, dass die Chinesen solch produktiven Reiseschriftstellern gern die Visa nicht nur für Peking, sondern auch für Lhasa erteilen würden.
Vor dem Schlafengehen vereinbarten sie, dass sie, vorausgesetzt sie bekämen die Visa und könnten die Reise antreten, auf jeden Fall Lauris Buchprojekte realisieren würden. Das erste Werk würde bereits nach einem Jahr erscheinen, die beiden anderen jeweils im Abstand von einem weiteren Jahr. Sie hatten somit drei Jahre Arbeit vor sich, interessant und in vielerlei Hinsicht spannend.
Die Aktualisierung der Gebetsmühle und der Bau eines neuen Prototyps nahmen nur eine Woche in Anspruch.

Die früheren Zeichnungen und die neueren Entwürfe machten die Sache einfach. In Neu Delhis größter Maschinenfabrik, die zu der Werkstattkette gehörte, war die Version II in zwei Tagen montiert. Lauri errechnete, dass, falls für die Gebetsmühle ein Miniaufnahmegerät und ein Handy von Nokia verwendet würden, dem finnischen Elektronikriesen ein millionenfacher Absatz dieser Produkte garantiert wäre.

Kalle plante die Herstellung der Mühlen nach herkömmlicher Fließbandmethode, im Prinzip jener, mit der seinerzeit auch der Ford produziert worden war. Die Produktion konnte seiner Meinung nach in Finnland angesiedelt werden, sodass man weder in Indien noch in China eine entsprechende Fabrik zu errichten brauchte. Die Frachtkosten von Nordeuropa nach Asien wären niedrig, denn die Geräte waren klein, in einen Karton von einem Kubikmeter würden Hunderte Exemplare passen. Man könnte sie aus dem Herstellungsland per Luftfracht verschicken. Kalle vermutete, dass Air France das zu günstigen Konditionen übernehmen würde.

Als der neue Prototyp fertig war, bemühte sich Lauri um Kontakt zur chinesischen Botschaft. Erst beim zweiten Anlauf klappte es, und er bekam gleich für den nächsten Tag einen Termin. Die Entwürfe für die neuen Bücher wurden kontrolliert, die neue Mühle wurde poliert und das Aufnahmegerät ausprobiert. Zwei indische Filmschauspieler sprachen, außer Hindu-Versen und frommen Sprüchen, auch entsprechende islamische und buddhistische Texte aufs Band. Kalle und Lauri waren überzeugt, dass ihnen nach diesen Vorbereitungen die Visa von der chinesischen Botschaft sicher wären. Sie würden mit ihrer

Gebetsmühle nach Peking fliegen und dort die lange Reise nach Lhasa antreten, unterwegs fotografieren und sich Notizen machen. Nach ihrer Rückkehr aus Tibet würde bestimmt auch das Treffen mit dem Dalai Lama zustande kommen, schließlich hätten sie dann neueste Informationen aus seiner ehemaligen Hauptstadt im Gepäck. Außerdem könnten sie ihm eine Kopie des Manuskripts für den Bildband einschließlich der Fotos überreichen. Als Gegengeschenk würde er, so glaubten sie, ihnen bei der Vermarktung der Gebetsmühle in China, Indien oder sogar Japan helfen.

»Die Maschine macht's möglich«, sinnierte Lauri und tippte auf dem Taschenrechner herum. Zwei, drei Millionen verkaufter Gebetsmühlen würden ihn und Kalle reich, religiös und glücklich machen.

8

In der chinesischen Botschaft in Neu Delhi waren mindestens fünfzig Menschen beschäftigt. Die meisten von ihnen waren Diplomaten, Botschaftssekretäre, Militärattachés, Experten der verschiedensten Gebiete. Außerdem gab es eine riesige Menge Personal: Chauffeure, Köche, Putzfrauen, Dolmetscher, Sekretäre.

Als Lauri den Telefonkontakt mit der Botschaft hergestellt hatte, erzählte er dem Gesprächspartner am anderen Ende der Leitung, dass er und sein Ingenieursfreund neue Projekte im Hinblick auf die Beziehungen Indiens und Chinas entwickelt hätten. Gern würden sie ihre Erfindungen vorstellen, sie dürften die chinesischen Diplomaten interessieren.

Lauri hatte recht. Die Chinesen erkannten sofort, dass die Finnen etwas außerordentlich Wertvolles anzubieten hatten. Der zweithöchste Beamte lud Kalle Homanen und Lauri Lonkonen höflich zu einem Arbeitsessen in die Botschaft ein, und zwar bereits am nächsten Tag. Ein Angestellter teilte ihnen mit, dass ein Wagen samt Chauffeur sie aus dem Hotel abholen würde. Jetzt war alles in Ordnung. Den ganzen Nachmittag und Abend verwandten die Freunde darauf, die Entwürfe der Reisebücher ins Chinesische zu übersetzen. Hilfe bekamen sie von ihrem eigenen

Strohmann, der einen Bekannten, einen Karatelehrer chinesischer Herkunft, für die Arbeit gewinnen konnte. Gegen Mitternacht war alles fertig. Auch die Gebetsmühle und die Konstruktionsvorlagen waren geprüft und die Zeichnungen erneut kopiert.

Am nächsten Tag traf zur vereinbarten Zeit eine Limousine der chinesischen Botschaft vor Lauris und Kalles Hotel ein. Der schwarze Wagen war auf Hochglanz poliert. Kalle vermutete, dass er in China produziert worden war, dass das Modell aber auf der alten sowjetischen Staatskarosse Tschaika basierte. Wagen und Chauffeur wirkten sehr stilvoll, der Chauffeur trug eine blaue Uniform und eine prachtvolle Schirmmütze nebst weißen Handschuhen, und sein Benehmen wirkte fast militärisch. Feierlich fuhren sie vom Hotel zur Botschaft.

Als sie am Ziel angelangt waren, führten ihre Gastgeber sie ins Speisezimmer, wo ein Lunch mit sechzehn Gerichten vorbereitet war, delikat und üppig, ganz nach chinesischer Sitte. Zu trinken gab es kaltes Wasser und chinesischen Weißwein. Lauri fand das Aroma des Weins etwas ungewöhnlich, aber trotzdem gut, er hätte ausgezeichnet zu kaltem Stör gepasst.

Zehn chinesische Diplomaten saßen in der Tischrunde. Im Verlauf der Mahlzeit hielten sowohl die Gäste als auch die Gastgeber kurze Reden, in denen sie aktuelle politische Fragen behandelten. Die Gastgeber interessierten sich besonders für die gegenwärtigen Beziehungen zwischen China und Finnland, wozu sowohl Lauri als auch Kalle gern ihre persönliche Ansicht darlegten. Die Atmosphäre war freundlich und offen, das Essen ausgezeichnet und, wie gesagt, der Wein des Gastgeberlandes vorzüglich. Lauri und Kalle bezeichneten die Beziehungen zwischen Finnland und China als gutes Beispiel für das Aufeinanderzugehen zweier unterschiedlicher Kulturen, einer asiatischen Großmacht und einer kleinen westlichen Demokratie. Trotz dieser grundlegenden Unterschiede kamen beide Länder gut miteinander aus, und besonders ihre Bewohner achteten einander. Einhellig konstatierten Gastgeber und Gäste, dass die Beziehungen zwischen Chinesen und Finnen als Vorbild für die gegenseitige Wertschätzung und Harmonie zweier unterschiedlicher Völker dienen konnten.

Das Gespräch wurde auf Englisch geführt, denn Kalle und Lauri konnten kein Chinesisch und auch sonst keine asiatische Sprache. Nach dem Lunch bat der Gastgeber sie ins Gesellschaftszimmer, wohin noch ein Gläschen Wein und Aschenbecher gebracht wurden – der richtige Zeitpunkt also, ihren Gastgebern von den neuen Projekten zu erzählen, die der Anlass ihres Kommens waren. Kalle holte die Gebetsmühle hervor, und Lauri breitete auf dem Tisch die Zeichnungen aus, außerdem verteilte er die Kopien mit den Entwürfen für die Reisebücher. Die Präsentation konnte beginnen, aber zuvor sorgte der Gastgeber für eine lustige Überraschung. Ein jüngerer Mitarbeiter kam herein, unter den Armen trug er zwei Fellknäuel von der Größe und dem Aussehen von Mardern, die sich dann jedoch als Mungos erwiesen. Der junge Mann setzte sie auf den runden Tisch des Gesellschaftszimmers, dort beschnupperten sie zunächst ihre Umgebung, und als sie sich an die Situation gewöhnt hatten, tollten sie verspielt herum. Sie waren sehr flink und geschickt und hatten keine Scheu vor den beiden Finnen, sondern kamen mutig

näher, um sie zu beschnuppern, sprangen sogar auf ihren Schoß und kletterten auf ihre Schultern. Die Chinesen erzählten, dass die beiden Tiere eigentlich auf ihre Art ebenfalls Diplomaten waren: ihre Aufgabe war es, die Gäste der Botschaft zu unterhalten, wenn die Verhandlungen besonders kompliziert waren. Oft erhielten die Freunde der Botschaft zum Abschied ein oder zwei Mungos als Geschenk. Wollten vielleicht auch die Finnen Mungos in ihr Heimatland mitnehmen?
Kalle hätte gern zugestimmt, aber Lauri fand, dass sie keine Tiere mit sich herumschleppen konnten, sondern sich auf ihre Chinareise, die Visabeschaffung und die anderen Vorbereitungen konzentrieren mussten. Also bedankten sie sich bei den Gastgebern für das verlockende Angebot, auf das sie allerdings nicht eingehen konnten, da sie ein kompliziertes Reiseprojekt geplant hatten – nach China, wohin auch sonst.
Das Gespräch wandte sich der aktuellen Situation in Indien zu. Die Chinesen erzählten, dass ihre Beziehungen zu Indien seit Jahren sehr angespannt seien. Sogar bewaffnete Zusammenstöße habe es an Indiens Nordostgrenze gegeben. Die Tibet-Frage habe die Beziehungen noch weiter kompliziert. Die Exilregierung des Dalai Lama tat nach Meinung der Chinesen alles, um die Beziehungen weiter abkühlen zu lassen. China ließ sich jedoch in einer so ernsten Angelegenheit nicht provozieren. Das beste Beispiel dafür war Chinas Botschaft in Neu Delhi: Fünfzig chinesische Diplomaten taten ihr Bestes, damit die Nachbarn friedlich und einträchtig miteinander leben konnten. Es ging um nichts Geringeres als den Weltfrieden.
Lauri ergriff das Wort und erzählte, dass er zusammen mit

seinem Freund eine Reise nach Lhasa plane. Dafür benötigten sie ein Visum. Eben das sei auch der hauptsächliche Anlass ihres Besuches, aber bevor man darauf zu sprechen komme, wollten sie von zwei wichtigen Projekten erzählen. Das eine sei eine Gebetsmühle, die bereits viel Interesse geweckt habe, und das andere eine aus drei Bänden bestehende Publikation, in der sie über die drei berühmtesten Eisenbahnstrecken der Welt berichten wollten.

Die Diplomaten waren sehr angetan von dem Buchprojekt, besonders von jenem Werk, das die neue, durchs Hochgebirge verlaufende Bahnstrecke zwischen Peking und Lhasa zum Thema haben sollte. Zuvorkommend stellten sie Lauri und Kalle die erforderlichen Visa in Aussicht, die bereits nach einer Woche fertig sein würden. Benötigt würden lediglich geeignete Fotos von beiden Männern, ferner Kopien ihrer Pässe und eine Aufstellung mit Details der geplanten Reise.

Das in herzlicher Atmosphäre verlaufende Treffen näherte sich seinem Ende. Die Mungos turnten auf Lauris und Kalles Schultern herum und schmatzten ihnen Küsse ins Gesicht. Der Gastgeber erzählte, dass diese zahmen Mungos eigentlich Tiersoldaten der chinesischen Armee seien, ähnlich wie die Pferde, die Geschütze zogen, oder wie die Fährtenhunde der Grenztruppen.

Er verriet seinen Gästen im Vertrauen, dass bei der Luftabwehr der chinesischen Landstreitkräfte zahme Mungos zur Reinigung von Rohren der 75-Millimeter-Geschütze eingesetzt würden. Die Mungos seien gelehrige Wesen, sodass es recht einfach gewesen sei, sie für diese Aufgabe auszubilden. In der Praxis sah das so aus, dass am Hintern eines Tieres ein 75-Millimeter-Wischlappen befestigt wurde. Der Lappen wurde mit Putzmittel getränkt, dann wurde der Mungo in das Rohr gesetzt, in das er gerade so passte. Hinter ihm wurde die Klappe geschlossen, und so hatte er nur eine einzige Möglichkeit, der Dunkelheit zu entrinnen – er musste nach vorn zur Spitze laufen. Unterwegs reinigte er das Rohr von Fett und Ruß. Als Lockmittel hing vorn an der Öffnung eine Schnur mit Fleischstückchen. Getrieben von seinem feinen Instinkt, trabte der Mungo zu den Leckerbissen, wobei er gleichzeitig mit dem an seinem Hintern befestigten Wischlappen für Sauberkeit im Kanonenrohr sorgte.

Später im Hotel entwickelte Kalle den Gedanken, dass die finnische Armee eigentlich Wildkatzen dafür ausbilden könnte, die Geschützrohre der Küstenartillerie zu reinigen, ganz nach dem Vorbild der Chinesen und ihrer Mungos. Auch Lauri fand, dass sich die Katzen gut als Soldaten der Küstenartillerie eignen würden, sie hatten die passende Größe für die Rohre, und sie würden zudem kostenlos arbeiten.

9

Lauri Lonkonen und Kalle Homanen bedankten sich bei ihren chinesischen Gastgebern für das schmackhafte Essen und die angenehmen Gespräche. Bevor sie aufbrachen, teilten sie noch mit, dass sie nun doch die beiden zahmen Mungos, die im Gesellschaftszimmer aufgetreten waren, kaufen wollten. Die chinesischen Diplomaten nahmen jedoch kein Geld für die Tiere und erklärten, dass sie ein Geschenk des großen China an den nordischen Kulturstaat Finnland seien. Auf diese Weise wollten sie als Vertreter Chinas ganz praktisch die Völkerfreundschaft fördern. Und diesmal seien es eben zahme Mungos, die diese Aufgabe übernehmen würden.
Auf dem Rückweg ins Hotel besuchten Lauri und Kalle eine Vogelhandlung und kauften einen geräumigen Käfig für ihre Mungos. Die lebhaften Tiere akzeptierten ihr Quartier sofort und kletterten auf den Stangen herum. Jetzt konnte man sie problemlos auf der Straße und in öffentlichen Verkehrsmitteln transportieren. Bevor die beiden Männer ins Hotel gingen, kauften sie auf einem nahe gelegenen Markt noch Futter für die Tiere. Lauri vermutete ganz richtig, dass die Mungos gern Schnecken und Kleinnager fraßen. Beides war auf dem Markt reichlich im Angebot. Mäuse, lebende und tote, gab es zu Hunderten

billig zu kaufen. Die Männer erwarben außerdem zwei Kilo Schnecken und Krebse. Im Hotelzimmer angekommen, offerierten sie den Mungos eine Auswahl ihrer Einkäufe. Alles war den Tieren recht, sie schleckten auch gern das frische Wasser, das Lauri und Kalle ihnen in ihre Trinkschalen füllten.

Die Vorbereitungen für die Tibet-Reise waren also auf einem guten Weg. Nun wollten die beiden Freunde nochmals einen Versuch wagen, das im Exil lebende geistliche Oberhaupt Tibets, den Dalai Lama, zu treffen. Diesmal, so glaubten sie, würde er einem Treffen zustimmen, hatten sie doch, außer der Gebetsmühle, die Zusage für Visa und die detaillierten Entwürfe für drei Reisebücher vorzuweisen. Sie glaubten, dass der Dalai Lama sie auch deshalb gern empfangen würde, da sie beabsichtigten, in die Hauptstadt seiner ehemaligen Heimat zu reisen. Sie riefen seinen Sekretär in der Residenz der Exilregierung nahe der chinesischen Grenze an und bekamen tatsächlich die Einladung für einen Besuch bereits für den nächsten Tag.

Lauri und Kalle hielten das Treffen mit dem Dalai Lama für äußerst wichtig. Der Mann war zwar gestürzt worden und hatte vor den Chinesen und dem blanken Terror der Besatzungsmacht aus Tibet fliehen müssen, trotzdem war seine Autorität auch nach jenen historischen Wirren unangetastet geblieben und in vielerlei Hinsicht sogar noch gestärkt worden. Der Dalai Lama war damals unter Lebensgefahr und nur begleitet von ein paar Führern mit ihren Yaks auf Gebirgspfaden in den Nordosten Indiens geflüchtet, wo er eine Exilregierung gegründet und sich an ihre Spitze gestellt hatte. Wenn dieser in der ganzen Welt geachtete religiöse Führer sich Kalles Gebetsmühle auch nur vorführen ließe, würde das riesige Märkte eröffnen, selbst wenn sich der Dalai Lama nicht persönlich an der kommerziellen Verbreitung des Apparates beteiligen würde. Aber ihnen beiden, Kalle und Lauri, würden schon sein bloßes Interesse und seine prinzipielle Befürwortung ausreichen. Die Gebetsmühle war in mehrfacher Hinsicht ein modernes Gerät, das den vielen Millionen Bewohnern Asiens nutzen würde und mit dem womöglich sogar die hoch bezahlten Priester und Mönche eingespart werden könnten. Gewissermaßen wäre die Gebetsmühle ein Instrument geistlicher Entwicklungshilfe und ganz sicher eine erfolgreiche Erfindung, sofern der Dalai Lama sie grundsätzlich akzeptieren würde.

Der Dalai Lama war körperlich noch fit, obwohl er inzwischen recht betagt war. Das ehemalige Oberhaupt Tibets, dessen ursprünglicher Name *Tenzin Gyatso* lautete, war ein unerschütterlicher Verfechter des Friedens. So war er denn auch 1989 mit dem Friedensnobelpreis geehrt worden, was die Chinesen scharf verurteilt hatten. Außerdem war der Dalai Lama ein vielseitig gebildeter Mann. Er war nicht nur das religiöse Oberhaupt seines Volkes, und das obwohl er sich im Exil befand, sondern auch ein geachteter und kluger Schriftsteller. Von all den Werken, die er veröffentlicht hatte, galten *Das Meer der Weisheit* und *Das Buch der Freiheit* als die wichtigsten. Sein Ziel war es gewesen, die Autonomie für sein Heimatland zu erreichen, aber darauf hatten sich die Besatzer nicht eingelassen. Und die Realisierung des gewaltigen Eisenbahnprojekts zwischen Peking und Lhasa brachte eine noch engere Verschmelzung beider Länder mit sich. Die Chinesen betrachteten das als großen Fortschritt für Tibet. Die Tibeter hingegen hielten die Bahnverbindung bloß für ein weiteres Mittel zur Unterwerfung ihres Volkes. Lauri und Kalle standen also im Begriff, ebendiese Bahnstrecke zu befahren, und deshalb erschien es ihnen unerlässlich, vor ihrer Abreise mit dem Dalai Lama zu sprechen.

Der Dalai Lama wohnte in der nordöstlichen Provinz Indiens in nahezu ärmlichen Verhältnissen. Sein Haus war zwar einigermaßen geräumig, aber von außen wirkte es bescheiden, und es hatte nicht die einem Staatschef gebührende Würde. Ein paar Angestellte, zwei Sekretäre, ein Chauffeur, ein Koch, ein Putzmann und ein Hausmeister wohnten in einem Nebengebäude, von dort aus unternahmen sie auch die für den Haushalt notwendigen Fahrten in die nahe gelegenen Städte, manchmal sogar in die Hauptstadt Neu Delhi. Der Dalai Lama selbst reiste ebenfalls fleißig, wobei ihn seine Reisen zumeist ins Ausland führten. Auch Finnland hatte er mehrmals besucht, sodass er die Finnen besser kannte als manch anderer Politiker von internationalem Rang.

Lauri und Kalle kamen mit einem kleinen Auto, das sie gemietet hatten – Kalle saß am Steuer, und Lauri studierte die Karte. Die Straßen in Indien waren schlecht und, außer im Umfeld größerer Städte, kaum asphaltiert, aber da der Sommer bisher regenlos gewesen war, fuhr es sich gut, die Oberfläche war fest und trocken.

Die Mungos schliefen auf der Rückbank des heißen Autos in ihrem Vogelkäfig. Sie hielten sich umschlungen, und nur wenn das Auto auf der holperigen Straße besonders heftig schaukelte, wachten sie auf und zupften sich zum Zeitvertreib das Fell. Sie waren reizende Wesen und bereits auf dem besten Wege, sich an Kalle und Lauri zu gewöhnen. Mungos gewöhnen sich leicht an Menschen und lernen rasch alle Kunststücke, die man ihnen beibringt. Sie sind sympathische Tiere, jedes von ihnen ein Wildfang mit einem schier unerschöpflichen Spieltrieb.

Der Dalai Lama empfing seine finnischen Gäste freundlich und offen. Er erzählte, dass er die nordischen Länder mehrfach besucht habe, Finnland insgesamt vier Mal. Stets habe man ihn freundlich aufgenommen, auch wenn Finnlands Spitzenpolitiker nicht gewagt hatten, ihn zu treffen, da angeblich ihre Beziehungen zu China darunter gelitten hätten, was der Dalai Lama gern glaubte. Trotzdem hielt er dieses Verhalten für übertrieben und irgendwie schofelig. Als Chef der Exilregierung hätte er sich gewünscht, dass auch die finnischen Politiker ihn und das von ihm repräsentierte unterdrückte Volk Tibets unterstützten. Er empfahl seinen beiden Gästen, nach ihrer Heimkehr den finnischen Spitzenpolitikern bei passender Gelegenheit zu erzählen, dass ihr herablassendes Verhalten gegenüber den Leiden des tibetischen Volkes ihnen nicht zur Ehre gereichte. Lauri und Kalle versprachen, diese Grüße des Dalai Lama in Finnland auszurichten.

Trotz seines Alters war der Dalai Lama äußerst vital. Seine Haut war elastisch und männlich braun, er sah aus wie ein teurer Kupferkessel. Die sehnigen Hände zeugten von guter Blutzirkulation und jäher Kraft, die ihm wahrscheinlich bei der Schulung von widerspenstigen und ungebildeten Mönchen von Nutzen gewesen war. Lauri vermutete, dass auf dem Speiseplan des Mannes während der vergangenen Jahrzehnte mehr gestanden hatte als gekochter Reis und welke Wurzeln.

Wenn der Dalai Lama im kalten Wasser des Inselarchipels

hätte ausharren müssen, hätte er diese Prüfung dank seiner Körperkräfte ganz sicher ebenso gut bestanden wie Lauri. Auch das Beten hätte er routiniert erledigt. Aber wäre der Lama wirklich lebend dem Meer entronnen? Im Vergleich mit Nordländern war er klein, maß vielleicht nur 1,60 Meter. Hätte das Meer dem religiösen Führer bis zum Kinn gereicht, oder hätte ihn die erste Welle trotz seiner Frömmigkeit überspült? Lauri hätte den Dalai Lama auf die Schultern nehmen müssen, damit sie beide überlebten. An sich ein großartiger Gedanke, Freundschaft und Rettungswille zwischen Asien und Europa.
Trotz seiner Munterkeit humpelte der Hausherr der Residenz. Lauri und Kalle registrierten besorgt, dass er, als er für seine Gäste einen alten Mönchslikör holte, deutliche Probleme mit dem linken Fuß hatte, kaum damit auftreten konnte. Seine Angestellten hatten sich anscheinend nicht darum gekümmert.
Kalle Homanen fasste Mut und erkundigte sich, was mit dem Fuß los sei. Der Dalai Lama bekannte, dass er aufgescheuert war. Gemeinsam sahen sie sich die Sache an, und tatsächlich – der große Zeh blutetet fast. Auch die anderen Zehen waren wund, und die Sohle der Sandale feucht und rot. Kalle entdeckte sofort, dass es das Schuhwerk war, das den Schaden verursacht hatte. Ohne groß zu überlegen, streifte er die eigenen Sandalen von den Füßen und reichte sie dem Gastgeber. Lauri ließ sich rasch von einem der Bediensteten eine Schüssel mit warmem Wasser geben und wusch vorsichtig die entzündeten Zehen. Er erinnerte sich an seine Kindheit, da seine Mutter ebenso gehandelt hatte. Kalle schlüpfte in die Sandalen des Dalai Lama, und Lauri entledigte sich seiner ziemlich sauberen Strümpfe, um sie

dem Dalai Lama anzuziehen und so dessen Zehen zu schützen. Der Dalai Lama probierte Kalles Sandalen aus, und ein sonniges Lächeln trat auf sein leidgeprüftes Gesicht.

Mit den neuen Sandalen an den Füßen bot er seinen Gästen Tee und kleine Salzgebäckstücke an, eine traditionelle tibetische Speise, wie er sagte. Schmackhaft war sie jedenfalls. Der Dalai Lama zerbröselte ein wenig von dem Gebäck und hielt es den Mungos hin, die sich freuten und es sofort auffraßen. Überhaupt fühlten sie sich wie zu Hause. Sie untersuchten jeden Winkel des Wohnzimmers, und dann widmeten sie sich dem Dalai Lama. Sie sprangen auf seinen Schoß und kletterten auf seine Schultern, schnupperten an seinen Ohren und küssten ihn auf die Wangen. Der Dalai Lama fand das ausgesprochen nett. Lauri erklärte, dass er und sein Freund die Mungos extra als Geschenk für ihren Gastgeber besorgt hätten. Die beiden Tierchen würden von nun an dafür sorgen, dass sich Mäuse und Ratten von der Residenz fernhielten. Keine einzige Schlange würde draußen im Garten überleben können. Mungos sind ja sagenhaft schnelle Schlangentöter. Sie weichen dem giftigen Biss so rasch aus, dass die Schlange sie nicht töten kann und ihnen unversehens selbst zwischen die Zähne gerät.

Der Dalai Lama wusste zu berichten, dass die Mungos auch schlau waren. Sie legten sich lang auf den Rasen und taten, als ob sie tot wären. Wenn dann ein Raubvogel, der nach Beute Ausschau hielt, den angeblichen Kadaver entdeckte, stürzte er herab, um ihn zu greifen. Der schlaue Mungo, der nur darauf gewartet hatte, schlug dann rasch zu.

Der Dalai Lama dankte den Finnen für das schöne Geschenk. Wie er gestand, hatte er inzwischen sowohl von den Chinesen als auch von Mäusen und Ratten wirklich genug. Wenn man doch Millionen von Mungos in Riesengröße züchten könnte! Die könnte man dann in Peking aussetzen, und binnen Kurzem hätten sie die unerträglichen Führer und Militärs der Großmacht zur Räson gebracht.

Gefielen schon die beiden Tierchen dem Dalai Lama ungemein, so machte die Gebetsmühle womöglich noch größeren Eindruck auf ihn. Aufmerksam hörte er sich die Hindu-Andacht an. Er ließ sich das Innere des Apparates zeigen und schüttelte staunend den Kopf. Seiner Meinung nach war es längst an der Zeit, die Religion zu mechanisieren. Die neue Technik könnte eventuell bei religiösen Andachten die gierigen Mönche ersetzen. Fast eine Stunde lang lauschten Gastgeber und Gäste der Gebetsmühle. Dabei erzählten Lauri und Kalle von den geplanten drei Reisebüchern. Der Dalai Lama schlug ihnen vor, ihm nach ihrer Rückkehr Bericht über die gegenwärtigen Verhältnisse in Tibet zu erstatten. Sie erklärten sich mit Freuden bereit, diesen Wunsch ihres Gastgebers zu erfüllen. Der seinerseits versprach, für die Produktion der Gebetsmühle in Indien und im übrigen Asien eine Empfehlung auszusprechen.

Zufrieden überreichten ihm die beiden Freunde als zusätzliches Geschenk die erste Gebetsmühle und die Prototypentwürfe. Kalle erklärte ihm das Funktionsprinzip und wies ihn darauf hin, dass im Falle eines Defekts die indische Autowerkstattkette imstande wäre, das Gerät gut zu warten, neue Akkus einzusetzen und Aufnahmegerät und Handy zu überprüfen.

Der Dalai Lama plante, eine weitere Andacht in alter tibetischer Fassung aufzunehmen. Er ging davon aus, dass die Gebetsmühle schon in kurzer Zeit für die ganze Welt zu einem wichtigen religiösen Hilfsmittel werden würde. Die tibetische Andacht würde sich, trotz der Besatzung, in seinem Heimatland verbreiten, würde Millionen Menschen Trost spenden und für sie letztlich auch zur religiösen Rettung werden. Die maschinelle Andacht wäre neutral, die Nutzung moderner Technik wie eine gnädige Botschaft unbekannter Götter an die sündige Welt.

10

Der Flug von Neu Delhi nach Peking verlief angenehm, abgesehen von einem Zwischenfall. Auf dem Flugplatz wollte der indische Zoll die Gebetsmühle genauer untersuchen. Kalle musste sie öffnen und den misstrauischen Zöllnern das Funktionsprinzip erläutern, und sie zögerten eine Weile, ehe sie zu der Feststellung kamen, dass es sich um keine chinesische Bombe mit Zeitzünder handelte, sondern hier ganz reale Schwachköpfe die verrückte Idee gehabt hatten, religiöse Andachten auf Hindi in einem merkwürdigen Kasten zu speichern, der mit Akkus betrieben wurde und der außerdem noch allerlei anderes geistliches Gebrabbel enthielt.

Die Zöllner verlangten, dass die beiden Finnen das Gerät in den Koffer packten, sodass es im Frachtraum des Flugzeugs transportiert werden konnte, was Kalle und Lauri nicht akzeptierten. Vielmehr erklärten sie, dass sie von der göttlichen Unterstützung des Kastens abhängig seien, dass sie beide unter schwerer Flugangst litten und dass nur die Gebetsmühle ihnen gegen diese neurotische Störung helfen könne. Kalle schaltete das Gerät auch sofort ein, das mit hörbarer Stimme seine religiöse Botschaft zu verkünden begann, und zwar mit so nachdrücklicher Betonung, dass die Beamten erschraken und Kalle erlaubten,

die Mühle mit ins Handgepäck zu nehmen. Allerdings untersagten sie ihm, das Gerät während des Fluges einzuschalten.
Es handelte sich um eine Maschine der indischen Fluggesellschaft, die beiden Freunde konnten diesmal also keine Gratistickets der Air France verwenden. Die französische Fluggesellschaft hatte jedoch mit der indischen einen Partnervertrag, und so bekamen sie die Tickets zum halben Preis. Den Rückflug buchten sie noch nicht, dazu wäre später Gelegenheit, meinten sie, wenn sie nur erst ihre Bahnfahrt nach Lhasa hinter sich hätten.
Der Flug begann angenehm. Es war ein schöner Sommermorgen. Die Stewardessen und Stewards servierten Tee und einen warmen Imbiss, die Passagiere fühlten sich, als wären sie auf einer gemütlichen Touristenreise in ein fremdes Riesenreich. Der ruhige, gleichmäßige Flug änderte sich jedoch, als sie das östliche Gebirge Tibets erreichten. Jetzt sahen sie unter sich Reihen schneebedeckter, gewaltig hoch aufragender Felsen, und die Maschine begann heftig zu wackeln. Die Stewardessen räumten die noch nicht geleerten Teetassen ab, damit der Inhalt nicht auf den Fußboden schwappte. Die Passagiere wurden per Lautsprecher aufgefordert, sich anzuschnallen, außerdem wurden Spucktüten verteilt.
Aus der Ablage fielen Gepäckstücke herunter. Auch Kalles Gebetsmühle knallte mit solcher Wucht auf den Fußboden, dass die Automatik ansprang. Das Gerät begann sofort mit gewaltiger Lautstärke einen eifrigen Gottesdienst, sodass die ganze Kabine widerhallte. Lauri versuchte, das Mikrofon abzuschalten, aber der Apparat gehorchte nicht, im Gegenteil, er wurde noch lauter. Plötzlich unterbrach er

die Hindu-Andacht und begann mit einer ohrenbetäubenden chinesischen Ansprache. Die Passagiere, die die Sprache verstanden, staunten nicht schlecht. Sie informierten Lauri und Kalle, dass es sich um obszöne Worte handelte, regelrechte Pornografie. Die Mühle erzählte lüstern und in allen Einzelheiten vom Geschlechtsleben der Menschen.
Lauri und Kalle staunten über die Schweinereien in ihrer Mühle. Wer hatte diese Obszönitäten aufgenommen? Hatte sich womöglich der Dalai Lama zu dieser Geschmacklosigkeit hinreißen lassen? Natürlich nicht, ein geistliches Oberhaupt Tibets würde sich niemals für so etwas hergeben, war er doch ein kultivierter und anständiger Mann. Aber irgendein niederträchtiger Kerl musste das schließlich verzapft haben, denn die Gebetsmühle wäre wohl kaum von sich aus zu solch menschlichem Handeln fähig.
Die Mühle wechselte jetzt von den chinesischen zu englischen Obszönitäten. Nun verstanden auch Lauri und Kalle, was das Gerät von sich gab. In der Tat schien es den Verstand verloren zu haben. Es schmetterte seine schweinischen Botschaften heraus, dass es seinen Besitzern die Sprache verschlug. Nur in den schmierigsten Sexhöllen bekam man solche Zoten zu hören. Alle Passagiere starrten die beiden Finnen verärgert an. Kalle blieb nichts weiter übrig, als die Bodenplatte der frivolen Mühle abzuschrauben und den Akku herauszunehmen, erst da verstummte sie. Lauri erhob sich und entschuldigte sich bei den Mitreisenden für den Zwischenfall. Er bedauerte das Verhalten der Gebetsmühle und erklärte, dass er und sein Freund nicht die Urheber der Obszönitäten seien.

Die unruhige Flugphase dauerte fast eine Stunde. Lauri und Kalle fragten sich, ob sie sich nicht doch auf ein zu großes Abenteuer eingelassen hatten. An ihrem Ziel, in Tibet, würden ihnen keine Sicherheitsgurte helfen, sich vor den Gefahren des Gebirges zu schützen.

»Schade, dass uns die frivole Mühle nicht beim Beten hilft. Hoffentlich knallen wir nicht gegen eine Gebirgswand, die Maschine schaukelt immer schlimmer«, meinte Lauri.

Kalle beruhigte seinen Reisegefährten und sagte ihm, dass sie ganz sicher mit dem Apparat würden beten können, wenn sie nur erst in der Bahn säßen.

In Peking verweilten sie zwei Tage und erkundeten die Hauptstadt des größten Volkes der Welt. Die Hitze hielt an, aber sonst gefiel ihnen das Touristenleben. Kalle machte eifrig Fotos, wobei Lauri inzwischen daran zweifelte, ob er je imstande sein würde, ganze drei Reisebücher über die berühmtesten Bahnstrecken der Welt zu schreiben. Kalle war über solche Zweifel erhaben. Er glaubte, notfalls für seinen Freund einspringen und die Texte verfassen zu können. Seiner Meinung nach war es garantiert nicht so schwer, angesichts der Vielzahl derartiger Publikationen. Lauri sollte Mut fassen und sich sagen, dass er genau wie all die anderen Autoren sehr wohl imstande war, einen ansprechenden Text zu schreiben, vielleicht nicht genauso stilvoll, aber zumindest wäre es sein eigener. Und mit einem bisschen Glück könnten die Bücher ein Erfolg werden. Also begann Lauri, sich für alle Fälle Notizen zu machen, auch wenn er seinen schriftstellerischen Fähigkeiten immer noch nicht traute. Er und Kalle waren ja eigentlich in Religionsfragen unterwegs, und die Buchprojekte waren nur ein Vorwand und ein Köder, um die Reise zu realisieren. Und wie sollte es ihnen überhaupt gelingen, einen britischen Verlag von der Publikationsreife der Bücher zu überzeugen? Kalle sorgte sich darum nicht im Geringsten. Falls die Engländer die Vorteile eines spritzigen Reisetagebuches nicht erkannten, hätten sie immer noch die Möglichkeit, die Manuskripte und Fotos beispielsweise den Franzosen, Amerikanern oder letztlich sogar den Indern anzubieten.

In Peking verdeckte eine Smogwolke die Sonne. Viele Einheimische trugen einen Mundschutz aus weißem Mull, der die Schmutzpartikel aus der Luft filterte und zugleich die Verbreitung ansteckender Krankheiten verhinderte. Lauri und Kalle besorgten sich keinen Mundschutz, sie glaubten, ihr zweitägiges touristisches Programm auch ohne bewältigen zu können. Auf jeden Fall waren die Leute außerordentlich freundlich, und obwohl sich besonders im Zentrum der Millionenmetropole häufig der Verkehr staute, herrschte allgemein eine angenehm lockere Atmosphäre. Besonders genossen die beiden Freunde die überaus reichlichen Mahlzeiten, bei denen es manchmal bis zu zwanzig verschiedene Gerichte gab.

Am Morgen des dritten Tages stiegen sie schließlich in den nagelneuen Zug nach Lhasa. Vor ihnen lag eine Bahnfahrt von tausend Kilometern auf einer Strecke, die über die höchstgelegene Ebene Chinas und der ganzen Welt verlief. Stellenweise ging es bis auf fünftausend Meter hinauf. Die Reise war so lang, dass die Passagiere auch im Zug übernachteten.

Kalle und Lauri hatten sich unter einem chinesischen Personenzug ein altmodisches und rumpelndes Ungetüm vorgestellt, aber hier handelte es sich um ein modernes und elegantes Schienenfahrzeug, und es war strahlend neu. Keiner der beiden hatte je ein solches Wunder gesehen. Spätestens jetzt waren sie überzeugt, dass es China ernst damit war, Tibet völlig zu annektieren. Der Preis der Fahrkarten war, betrachtete man die Länge der Reise und den Luxus im Zug, moderat, auch die Zollformalitäten ließen sich bewältigen. Bei der Abreise in Peking nahm man es sehr genau, die Visa und Pässe wurden sorgfältig, aber freundlich kontrolliert. Kalle ließ sich darüber aus, dass in Asien anscheinend immer und bei jeder Gelegenheit gelächelt wurde. Vielleicht behielten die Chinesen ihren schmeichlerischen Gesichtsausdruck auch dann bei, wenn sie Andersdenkende verhafteten und vor das Hinrichtungskommando zitierten. Lauri bat ihn, die makabren Scherze zu unterlassen, obwohl auch er das ewige Lächeln eher für angeordnet als für echte Freundlichkeit hielt.

Die beiden stiegen ein und suchten nach ihren Sitzplätzen. Sie hatten Fahrkarten erster Klasse genommen. Da sie es bis nach China geschafft hatten, hielten sie diesen Luxus für angemessen. Sie hatten nur die Hinfahrt gelöst, da sie das genaue Datum ihrer Rückreise noch nicht kannten.

Kalle ließ sich in den weichen Sitz fallen und meinte erfreut:

»Da musste man bis nach China kommen, um in solch einem Luxuswaggon zu reisen!«

Die Sessel ließen sich mit wenigen Handgriffen zu Betten umfunktionieren. Im vorderen Teil des Waggons gab es eine Bar, wo chinesisches Essen serviert wurde. Die Toilette war sauber, und dahinter gab es noch ein Badezimmer mit Dusche und allem Drum und Dran. Der Zugbegleiter trug die Koffer in einen Durchgangsraum des Waggons. Der Schaffner hieß die Reisenden willkommen und lächelte nach chinesischer Art sonnig, er kontrollierte die Fahrkarten und wünschte eine gute Reise. Der Mann sprach leidlich Englisch und erklärte ihnen die Vorzüge des Waggons, führte ihnen die Duschen vor und gab Ratschläge für die richtige Einstellung der Sitze.

Es machte Spaß, sich häuslich einzurichten. Lauri schrieb ein paar Einträge in sein Notizbuch und dachte bei sich, dass es wohl sinnvoll sei, über diese Reise ein Buch zu verfassen und mit den entsprechenden Fotos zu versehen. Vermutlich hätten nicht viele Europäer in ihrem Leben die Gelegenheit zu solch einem Abenteuer. Er und Kalle hatten jedenfalls bis nach China reisen müssen, um in den Genuss des prachtvollsten Zuges der Welt zu kommen.

11

Die neue Bahnstrecke von Chinas Hauptstadt Peking bis ins tibetische Lhasa war tausend Kilometer lang. Obwohl der Zug außerordentlich schnell war, waren laut Fahrplan anderthalb Tage für die Fahrt vorgesehen. Der Schaffner erzählte, dass der Zug die meiste Zeit auf dem Hochplateau dahinbrauste. An den höchsten Stellen, in fünf Kilometern Höhe, war die Luft so dünn, dass die Waggons, ähnlich wie die Kabinen in Flugzeugen, mit einer Druckregulierung versehen waren und für jeden Reisenden eine Sauerstoffmaske bereitlag. Der Schaffner erklärte die Benutzung und versprach, auf der Hochebene beim Anlegen der Masken zu helfen.

Es war Morgen. Der Luxuszug startete pünktlich. Er fuhr so gleichmäßig an, dass die Bewegung kaum zu spüren war, aber sowie er die Stadt verlassen hatte, beschleunigte er wie ein Flugzeug. Der Oberkörper der Reisenden wurde gegen die Sitze gedrückt, hinter den Fenstern flitzte die Landschaft vorbei, aber es war kein Rattern von den Rädern zu hören. Die Fahrt war atemberaubend schnell, aber gleichmäßig. Die Waggons waren luxuriös, hochmodern und im neuesten Design eingerichtet. Die Lok hatte eine gewaltige Kraft, die Federung der Waggons und die übrige Technik waren Spitzenklasse. Kalle wusste zu berichten,

dass man beim Bau dieser Trasse die Stahlschienen aneinandergeschweißt hatte, sodass sie vom Startbahnhof bis ans Ziel aus einem Stück waren. Er betonte, dass auch in Finnland neue Bahntrassen nach dieser Methode gebaut wurden. Das Rattern der Räder war einfach aus der Mode gekommen, auch wenn viele Reisende fanden, dass es beruhigte und für Atmosphäre sorgte, wie so manches Altbewährte. Wie dem auch sei, dieser chinesische Zug verkörperte Luxus, und er lief trotz der enormen Geschwindigkeit gleichmäßig und fast geräuschlos.
Lauri erkundigte sich beim Zugbegleiter nach der Spitzengeschwindigkeit. Der Mann im weißen Kellnerjackett erklärte stolz, dass der Zug zweihundert Stundenkilometer fahren könne, aber im Moment, wo es erst einmal in die Hochebene hinaufgehe, seien es nur hundertfünfzig Kilometer je Stunde. Lauri und Kalle fanden auch das schon sehr beachtlich.
Im Waggon saßen, außer den beiden Finnen, etwa zwanzig Chinesen, anscheinend Beamte auf Dienstreise, außerdem auch ein paar westliche Touristen. Lauri wurde auf einen stillen Mann in mittleren Jahren aufmerksam, einen Chinesen, der zwei Bankreihen entfernt saß und ständig die Gespräche und das Verhalten der Finnen zu verfolgen schien. Er schwieg, und als Lauri seinem Blick begegnete, schaute er weg und musterte die vorbeiflitzende Landschaft. Lauri bekam das Gefühl, dass der Kerl trotz seiner Zivilkleidung ein Staatsbeamter, vielleicht ein Polizist oder Detektiv, wenn nicht sogar ein Mitarbeiter des Geheimdienstes war. Er erzählte Kalle von seiner Vermutung und senkte dabei die Stimme zu einem Flüstern, denn er konnte ja nicht sicher sein, ob der stille Mann womög-

lich Finnisch verstand. Sollte er wirklich ein Spitzel sein, war es denkbar, dass er auch seltene Fremdsprachen beherrschte.

Kalle fand, dass sie sich um den seltsamen Typen nicht zu scheren brauchten. Stattdessen hielt er den Augenblick für gekommen, die Gebetsmühle auszuprobieren. Allerdings sei es besser, so meinte er, die Hindu-Andacht in diesem Luxuszug nicht in voller Lautstärke, sondern nur ganz leise laufen zu lassen. So könnten sie kontrollieren, ob die Mühle noch in Ordnung war.

Alles bestens, das Gerät funktionierte. Lauri und Kalle beschlossen, für die äußere Hülle in der Serienproduktion Leichtmetall oder Plastik zu verwenden. Bisher war der Kasten aus dünnem, wasserfestem Sperrholz zusammengezimmert, und unten am Boden befand sich ein Brett aus guter alter finnischer Fichte. Würde man den Kasten aus leichterem Material herstellen, könnte man das Gesamtgewicht mindestens um die Hälfte verringern, und die Stoßfestigkeit würde sich verbessern. Außerdem wollte Kalle auch die Automatik verfeinern, die Funktionen des eingebauten Handys und die Aufnahmekapazitäten des Tonbandgerätes erweitern und an den technischen Eigenschaften des Mikrofons und des Lautsprechers feilen. Natürlich musste auch eine stabile und elegante Tragetasche her, ähnlich wie sie für Kameras angefertigt wurde, denn die Gebetsmühle sollte ja ihren Besitzer ganz selbstverständlich auf seinen Reisen begleiten. Sie wäre gleichsam ein automatischer Reisepastor und einsetzbar für jedwede Religion oder Glaubensrichtung, abhängig davon, welche Sprache oder Religion auf dem Gerät gespeichert war.

Kalle machte durchs Zugfenster Fotos. Je weiter es bergauf ging, desto verkrüppelter wurden die Bäume, und ganz oben war die Gegend völlig baumlos. Trotzdem war die Landschaft nicht ohne Leben. An den sommerlich grünen, saftigen Hängen weideten Yaks, und die Reisenden bekamen sogar eine echte Kamelkarawane zu sehen. Mindestens zwanzig der in sich gekehrten Tiere trotteten schwer beladen dahin. Bewacht wurden sie von etlichen klein gewachsenen Chinesen, einige gingen zu Fuß neben der Karawane her, andere ritten auf Kamelen oder Eseln. Der Waggonbedienstete erzählte, dass in diesen abgelegenen Gegenden die Einheimischen immer noch die traditionellen Gewerbe betrieben, sie hüteten Schafe und transportierten auf langen Strecken ihre Waren mit Kamelen. Das sei auch kein Wunder, denn hier gebe es noch keine richtigen Straßen, sodass moderne Lastautos nicht benutzt werden könnten. Aber wenn erst einmal die neuen Hilfsprogramme für die rückständigen Randregionen umgesetzt worden wären, dann könnten die Leute hier künftig mit den Kamelen Wettrennen veranstalten, könnten auf Märkten und auf sommerlichen Festen den Rausch der Geschwindigkeit auskosten. Die schweren Transporte würde man dann mit Lkws durchführen, die der Staat zur Verfügung stellte. Die Menschen müssten sich nicht mehr bei schwerer körperlicher Arbeit abplagen, dafür würde die aufopferungsvolle und weitblickende Führung des großen China sorgen.

An dieser Stelle unterbrach der Mann seine Lobeshymne, denn eine Yakherde zog durch eine weite Ebene, und am äußersten Rand der Herde begann ein großer Bulle eine Kuh zu bespringen. Der Zugbegleiter und einige Reisende entledigten sich ihrer Sauerstoffmasken und stellten sich ans Fenster, um sämtliche Phasen des Fortpflanzungsaktes der gehörnten Tiere genau zu verfolgen. Auch der in wildem Tempo dahinrasende Zug stoppte, nicht etwa wegen eines technischen Defekts oder eines Hindernisses auf den Schienen. Der Lokführer und die Reisenden sollten die großartige Gelegenheit bekommen, die Paarung dieser seltenen Tiere zu beobachten. Als der Akt zu Ende war, setzte sich der Zug kaum spürbar in Bewegung und beschleunigte gleich darauf wieder auf das vorherige Tempo.

Kalle hatte bereits zahlreiche Fotos geknipst, Lauri wiederum hatte eifrig Notizen gemacht. Beide bekamen mehr und mehr das Gefühl, dass es mit dem Reisetagebuch über diese bemerkenswerte Bahnstrecke und den noch bemerkenswerteren Zug vielleicht doch noch klappen könnte. Die Schienen waren in dieser Höhe über eine Betonbrücke verlegt worden. Wahrscheinlich war es billiger gewesen, die Schienen durch die Luft zu verlegen, als ihnen den Weg durch schroffe Felshänge zu ebnen. All dies galt es zu verewigen und in Buchform zu verpacken. Selbst wenn das Buch nie veröffentlicht würde, so wäre es immerhin ein ausgezeichneter schriftlicher Bericht für den Dalai Lama.

Kalle hatte hier auch reichlich Zeit, sich mit seinen Erfindungen zu beschäftigen. Er hatte ein sonderbares Bild von einem Bettbezug in sein Heft gezeichnet, der an einem Haken von der Decke hing. Er erklärte, dass das Wechseln eines Bettbezuges eine schwierige und ärgerliche Angelegenheit sei, besonders Männer bekamen das kaum hin. Ständig verdreht sich der Bezug, wenn sie die Decke hineinzustopfen versuchten. Aber wenn man den Bezug an der

Decke aufhängen würde, wäre das Problem behoben. Lauri fand die Erfindung clever. All die Millionen Junggesellen, Witwer und geschiedenen Kerle auf der ganzen Welt würden sich bestimmt sofort diese Hängevorrichtung für ihr Schlafzimmer anschaffen und wären Kalle und seiner Erfinderfirma bis an ihr Lebensende dankbar.

Kalle erzählte, dass ihn die Mungos, die sie beim Dalai Lama gelassen hatten, auf die Idee gebracht hätten. Den Tierchen konnte man wahrscheinlich leicht beibringen, einen Bettbezug aufzuziehen. Jedes von ihnen müsste eine Ecke der Decke zwischen die Zähne nehmen, dann würden sie zu dem Bezug hinaufklettern, worauf sich die Decke mühelos einziehen ließe. Aber da es nicht lohnte, Millionen von Bettbezieher-Mungos zu züchten, war es besser, die Idee weiterzuentwickeln und an der Decke des Schlafzimmers Haken anzuschrauben, um mit deren Hilfe die Sache zu meistern. Fehlte nur noch ein Küchenhocker, und das Ergebnis wäre garantiert ordentlich und fachgerecht.

Obwohl Lauri die Bettbezugerfindung recht pfiffig fand, glaubte er nicht, dass sich allein damit die Zukunft von Kalles Firma absichern ließe. Das Projekt dürfte kaum ein Kassenschlager werden, es würde einfach nicht genügend Einkünfte bringen. Kalle ließ sich von diesen Zweifeln nicht erschüttern, er lachte nur und erzählte von seiner neuesten Idee. Hierbei handelte es sich um ein revolutionäres Projekt für den Bau von Autobahnen. Gewaltige Hauptverkehrsstraßen, sechs- oder sogar achtspurig, würden künftig aus durchsichtigem Kunststoff gebaut und von hohen Stelzen getragen, ähnlich wie die neue Bahntrasse zwischen Peking und Lhasa.

Kalle betonte, dass die Erfindung keineswegs zu Ende gedacht sei, aber früher oder später würden sämtliche neuen Autobahnen der Welt auf seine Weise gebaut werden, und zumindest das wäre dann nicht mehr nur Kleinkram. Da jährlich weltweit Tausende Kilometer neuer Autobahnen geplant wurden, würde auf sie beide ein so gewaltiger Geldregen niederprasseln, dass sie keinen Grund mehr hätten, über die bescheidenen Patenteinkünfte aus der Bettbezugerfindung zu jammern.
»Das Geld wird fließen wie ein reißender Strom, glaub mir«, versicherte Kalle.
Lauri legte seine Sauerstoffmaske wieder an und dachte über die Sache nach.

12

Als es Nacht wurde, half der Zugbegleiter den Reisenden, die Sessel herunterzuklappen, und er verteilte Decken. Im Waggon wurde das Licht ausgeschaltet, und das Bordradio, das leise Musik gespielt hatte, verstummte. Lauri Lonkonen, Kalle Homanen und auch alle anderen Reisenden schliefen ein. In dem klimatisierten und druckregulierten Waggon des mit hoher Geschwindigkeit dahinrasenden Zuges waren sie sehr müde geworden. Die Sauerstoffmasken waren ein wenig befremdlich, störten aber nicht beim Einschlafen.

Am Morgen sorgte der lächelnde Zugbegleiter für gedämpftes Licht und deckte im Speiseabteil, das sich am Ende des Waggons befand, zum Frühstück ein. Es gab Huhn, Frühlingsrollen, verschiedene Salate, Krebse, frisch getoastetes Brot, Reis, Aufschnitt nach westlicher Art von Rind und Schwein, außerdem Fisch, anscheinend Karpfen, und diverse Käsesorten sowie Würstchen nach deutscher Art. Dazu hatte der Zugbegleiter große Kannen mit Tee zubereitet – sowohl grünen als auch dunkleren, roten. Ein zünftiger Start in den zweiten Reisetag unter der Obhut des lächelnden Chinesen.

Nach dem Frühstück machte sich Kalle daran, eine Baueinheit für seine Autobahnen aus Kunststoff zu zeichnen.

Lauri verfolgte seine Bemühungen und bemerkte bald, dass Kalle eine riesige, mobile Stahlkonstruktion plante, in der ein Kunststoffschmelzofen und diverse andere Räumlichkeiten untergebracht waren. Der ganze gewaltige Koloss würde sich, so Kalle, aus eigener Kraft vorwärtsbewegen können. Kalle versah ihn unten mit Raupenketten und sechs Paar Rädern, auf denen ein stabiler Rumpf ruhte, der wiederum die erforderlichen Mannschaftsräume trug. An beiden Seiten befanden sich zwei Bagger mit großen Schaufeln, die etliche Kubikmeter fassten.
Lauri wunderte sich ein wenig über die Ausmaße des Projekts. Die Baueinheit war vermutlich überdimensioniert, sie hatte mindestens die Größe einer Ölplattform. Ließ sich solch ein Ungetüm überhaupt herstellen, und wie sollte mit seiner Hilfe eine neue Autobahn entstehen?
Kalle kümmerte sich nicht um Lauris Zweifel und sagte nur, dass der Bau von Autobahnen nun mal ein riesiges Unterfangen sei und dass man diese Arbeit nicht mit kleinen Maschinen durchführen könne. Es handele sich hier um eine große Baueinheit, die Arbeitsplatz, Quartier sowie Lager- und Produktionszentrum in einem sei, also alles umfasse, was man beim modernen Straßenbau brauche. Gut möglich, dass sie allzu riesig erscheine, aber das sei eine optische Täuschung. Beim Autobahnbau der Zukunft werde man nichts weiter benötigen als diese Einheit. Keine zusätzlichen Versorgungs- und Transportwege, keinen einzigen Lkw, keine Baustellenbaracken, keine Hotelzimmer für die Chefs, einfach nichts Zusätzliches. Man müsse den Koloss nur mit genügend Rohmaterial für die Kunststoffherstellung versehen und ihn in Gang setzen. Schätzungsweise werde er etwa fünf, mindestens jedoch drei

Kilometer in der Stunde zurücklegen, ebenso viel fertige Straße werde entstehen, und das sei ein revolutionäres Tempo im Straßenbau!

Lauri errechnete, dass auf diese Weise pro Tag etliche Kilometer neuer Autobahn gebaut werden könnten. Kalle machte ihn außerdem darauf aufmerksam, dass das Endprodukt die Umwelt schonen würde, denn das Erdreich unter der Straße würde nicht beschädigt, sondern bliebe so gut wie unversehrt. Lediglich die etwa zehn Meter hohen Stelzen, die die Straße trügen, müssten eingerammt werden, das wäre alles. Es handelte sich also alles in allem um eine mobile Kunststofffabrik, in der vorn ein Bauleiter in seiner Glaskabine thronen und die Arbeit leiten würde wie ein Kapitän oder Steuermann auf der Kommandobrücke eines großen Ozeandampfers. Hinten aus dem Koloss käme eine dampfende mehrspurige Autobahn, die rasch aushärten und fahrtauglich sein würde.

Lauri war voll ehrlicher Bewunderung für die Fantasie des Erfinders. In der Tat, wenn diese bemerkenswerte Baueinheit eines Tages in Betrieb genommen würde, könnte mit ihrer Hilfe der Autoverkehr der ganzen Welt in zehn Meter Höhe verlagert werden. Dann wäre es vorbei mit den heutigen schweren Fahrbahnen, die irrsinnig teuer waren und deren Bau selbst bei einer kurzen Strecke Jahre dauerte.

Mitten hinein in die großartigen Planungen strömte schwacher Rauchgeruch. Sonderbar … wie konnte das in dieser klimatisierten Luxuskabine möglich sein?

Im Hochland von Tibet wütete ein großes Buschfeuer, entstanden auf den vom heißen Sommer ausgedörrten Weiden und ausgelöst womöglich durch die glimmende Zigarette eines nachlässigen Hirten oder durch Funkenflug vom Lagerfeuer der Yakführer, die mit ihren Tieren gerastet hatten. Das Feuer hatte sich mit der Geschwindigkeit wilder Pferde über das windige Hochland ausgebreitet, und keiner der Menschen, die hier wohnten oder unterwegs waren, hatte auch nur die geringste Chance, die Feuersbrunst zu löschen.

Der Luxuszug drosselte die Geschwindigkeit und blieb schließlich stehen. Jetzt konnten alle sehen, was los war. Eine Feuerfront näherte sich der neuen Trasse, und es war zu befürchten, dass sie die Gleise überqueren und dabei auch den Zug versengen würde.

Der Zugbegleiter zeigte nach wie vor sein ewiges Lächeln, obwohl die Situation unerwartet und gefährlich war. Er verteilte saubere Wattefilter für die Sauerstoffmasken. Falls von draußen aus dem Brandgebiet Rauch ins Belüftungssystem eindringen würde, sollten die Reisenden ihre Sauerstoffgeräte abschalten und das Personal zu Hilfe rufen. Für alle Fälle wurden sämtliche Türen des Zuges geöffnet, und obwohl Rauch in die Waggons drang, kam auch frische Luft herein. Das Atmen war trotzdem beschwerlich, denn man befand sich im Hochgebirge, schätzungsweise mehr als viertausend Meter über dem Meeresspiegel. Hier war die Luft so dünn, dass die Reisenden ständig ihre Sauerstoffmasken hätten tragen müssen, aber der dichte Rauch verhinderte es. Einige ältere Leute litten unter akutem Sauerstoffmangel, und das Personal forderte sie auf, sich in ihren Sesseln hinzulegen.

Der Buschbrand breitete sich rasch aus. Die Feuerwalze war höchstens einen Meter, stellenweise vielleicht zwei Meter hoch, aber sie war dicht und erstaunlich heiß. Was ihr in den Weg geriet, hatte keine Chance, alles Lebende wurde vernichtet, alles Trockene und Tote verbrannt. Scharen von Großtieren flüchteten vor dem Feuer: Wildpferde, Yaks, Kamele und verschreckte Schafe. Auch die kleineren Lebewesen versuchten, sich in Sicherheit zu bringen: Kaninchen, Murmeltiere, Ratten, Mäuse ... alle versuchten ihr Leben zu retten, während die Feuerwalze, aus dem fernen Nordosten kommend, in südwestlicher Richtung vorwärtspreschte. Viele der bedauernswerten Tiere schafften die Flucht nicht, sondern wurden von den Flammen eingeholt und starben einen qualvollen Tod.

Als die Glut bereits die Außenwände der Waggons bedrohte, bereitete sich Kalle auf Löscharbeiten vor. Er holte sich aus dem Abstellraum einen Feldspaten, eine Axt und einen Blecheimer, zog sich Sporthosen und Anorak an und schützte die Hände mit Handschuhen. Lauri verfolgte das Ganze besorgt und warnte seinen Freund davor, sich nach draußen in die Flammen zu stürzen.

Kalle konnte das nicht billigen. Wohin würde es führen, wenn sich auch alle anderen Reisenden damit begnügten, das zerstörerische Werk des Feuers zu beobachten, ohne etwas dagegen zu unternehmen? Im schlimmsten Fall könnte der ganze Zug in Flammen aufgehen und explodieren. Kalle nannte Lauri einen hoffnungslosen Versager ohne jede Spur von Eigeninitiative. Ein Wunder, dass er es überhaupt auf vierzig Lebensjahre gebracht hatte. Eigentlich war er ein einziges Ärgernis, faul und antriebslos.

»Du störst nur, behinderst aktive Menschen, stehst dauernd im Weg.«

Lauri solle endlich aus seiner angeborenen Lethargie erwachen, verlangte Kalle.

Plötzlich wurde Lauri wütend auf seinen Freund und begann, sich auszuziehen. Er behielt nur seine kurzen Unterhosen und seine Turnschuhe an. Dann riss er Kalle die Axt aus der Hand und stürzte aus dem Waggon. Ohne viel Federlesens fällte er am Bahndamm eine junge Fichte, nahm sie in die Hand und drosch verbissen auf die herannahende Feuerwalze ein, dass die Funken nur so stoben. Er war ein großer Mann und hatte viel Kraft, zusätzlich erhöhte seine Wut die Intensität der Löscharbeit. Kalle kam ebenfalls nach draußen, fällte sich seine eigene Fichte und gesellte sich zu Lauri. Gemeinsam schlugen die Freunde auf das glimmende Gras. Erste Ergebnisse zeigten sich. Das Feuer begann zu ersticken, während die beiden resoluten Finnen pausenlos die Flammen niederschlugen. Ihre Augen brannten und ihr Mund war trocken, aber sie ließen sich nicht beirren, sondern droschen weiter drauflos. So wurde das Feuer schließlich besiegt und konnte den Zug nicht in Brand setzen. Von oben bis unten mit Ruß bedeckt, mühten sich die beiden Freunde gut eine Stunde ab. Dann waren sie so erschöpft, dass sie die Fichten fallen ließen und sich wieder in den Waggon schleppten. Aber die Mühe war nicht umsonst gewesen, die Glut am Zug war gelöscht und die Situation gerettet.

Der Zugbegleiter führte sie in die Dusche, und als sie sich den Ruß abgewaschen hatten, reichte er ihnen frische Handtücher.

Kalle lobte seinen Freund, sagte ihm, dass er sich am Ende doch als ungemein tüchtig erwiesen habe. Die beiden versöhnten sich, gaben sich die Hand und zogen sich saubere Sachen an.

Etwa eine Stunde später überquerte die flammende Front

vor dem Zug die Trasse und verschwand in Richtung Südwesten. Sie nahm scheuende Tiere mit sich und ließ schwarze, heiße Asche zurück. Der dicke Qualm verzog sich, und bald war von der Feuersbrunst nur noch Hitze übrig. Lauri lockte den verdächtigen Chinesen, der sich draußen am Bahndamm umgesehen hatte, in den Nachbarwaggon. Lauri wollte den Schnüffler loswerden. Bevor der Mann in seinen ursprünglichen Waggon zurückkehren konnte, schlossen sich die Türen, und der Zug fuhr ab.

Die starke Schönheit aus Stahl, die dem Feuer entronnen war, rollte anfangs nur langsam über die heißen Gleise, aber bald meldete sich ihr heftiges Naturell zurück, und sie raste noch schneller als vorher in Richtung Lhasa.

Während der restlichen Fahrt legte Kalle letzte Hand an die Zeichnungen zu seiner Straßenbauerfindung. Künftig würden die Autobahnen glasklar aussehen. Aus Kunststoff ließen sich durchsichtige Beläge herstellen und gleichzeitig Öffnungen einbauen. So könnten Tageslicht und das für das Pflanzenwachstum wichtige Sonnenlicht durch die Straße hindurchscheinen. Kalle ergötzte sich regelrecht an der Vorstellung, wie die Leute in Asien Reis, in Europa wiederum Kartoffeln und Gemüse oder auch Getreide unter den Autobahnen anbauen würden. Niemand könnte sich mehr darüber aufregen, dass die Autobahnen so unendlich viele Hektar bestes Ackerland verschlangen.

13

Nach anderthalbtägiger Fahrt erreichte der Zug am Nachmittag Lhasa. Die Sonne ging bereits unter. Die ehemalige tibetische Hauptstadt war vor Hunderten von Jahren dreitausendachthundert Meter über dem Meeresspiegel errichtet worden, am Fluss Brahmaputra, der durch diese schwindelerregenden Gebirgshöhen floss. Die uralte Klosterstadt lag da, vergoldet vom Licht der untergehenden Sonne, und ihre schroff aufragenden Gebäude, die berühmten Klöster, schmiegten sich an die Berghänge wie das Abendkleid einer Frau, unauffällig und natürlich. Der Anblick war herzergreifend. Lauri und Kalle wurden fast andächtig, als sie diesen Ort, eine der abgelegensten und zugleich berühmtesten Städte der Welt, sahen.

Der Luxuszug glitt vor das neue Bahnhofsgebäude, würdevoll und lautlos wie eine junge Königin. An den Fahnenmasten vor dem Gebäude wehten die roten Fahnen der Volksrepublik China, und in den Laternen auf den hohen Pfählen flammten Lichter auf. Bald würde die Sonne untergehen und die Nacht über Lhasa hereinbrechen. Lauri und Kalle grübelten, wie sie zu einem Hotelzimmer kämen, aber das Problem löste sich gleich auf dem Bahnsteig. Man erwartete sie, ein lächelnder Chinese in mittleren Jahren, bekleidet mit einer blauen Uniform, erspähte sie sofort und näherte sich unter Verbeugungen und mit ausgestreckter Hand, um sie zu begrüßen. Lauri und Kalle wunderten sich, aber dann begriffen sie, dass jener Reisende, der mit ihnen im Waggon gesessen hatte, vermutlich von unterwegs über sie berichtet hatte.

Der Mann stellte sich vor. Er hieß Ky Khai Jong und war, wie er sagte, Vizedirektor des Tourismusbüros von Lhasa. Er hieß die beiden Finnen herzlich willkommen und bat sie, ihm zu einem bescheidenen Begrüßungsmahl zu folgen.

Vor dem Bahnhof pfiff er einen alten Mann herbei, der die Koffer der Gäste tragen sollte und der Ky zufolge ein echter Tibeter war. Sie gingen ein Stückchen zu Fuß und traten schließlich in einen strohgedeckten Pavillon, ein Teehaus, in dem eine Mahlzeit für drei Personen vorbereitet war. Es gab nach chinesischer Sitte Tee, diesmal einen mit tibetischen Kräutern gewürzten grünen Tee, besonders aromatisch und gesund. Dazu aß man verschiedene kleine, in dünnes Brot eingewickelte Delikatessen: geröstetes und geräuchertes Rindfleisch, Aal, Lachs, Wachteleier, diverse Käse und Pasteten. Alles mundete den Ankömmlingen. Während der Mahlzeit erzählte der freundliche Direktor Ky vom heutigen Tibet und besonders von der Hauptstadt Lhasa. Die gesamte entlegene Gebirgsregion war im Jahre 1959 gewissermaßen in ein neues Zeitalter eingetreten, als nämlich das vaterländische China sie von der Herrschaft der rückständigen Mönche befreit hatte. Der Dalai Lama hatte sich schmählich aus dem Staub gemacht und sich jenseits der Grenze in Indien niedergelassen, um von dort feindselige Propaganda gegen China und gegen Tibet, das er einst mit harter Hand regiert hatte, zu betreiben.

Heute wohnten in Lhasa bereits sage und schreibe dreihunderttausend Menschen, und das war doch ein absolut deutlicher Beweis für Chinas günstigen Einfluss auf diesen von Gott und der Kultur verlassenen Erdenwinkel. Schließlich pries der eifrige Ky noch den Umstand, dass heutzutage jährlich bereits mehr als eine Million Touristen Lhasa und Tibet besuchten, was von der Weltoffenheit der Chinesen und von Lhasas heutiger Blüte zeugte. Auch wenn weltweit etwas anderes behauptet wurde, die Tibeter waren glücklich, dass sie unter dem sicheren Schutz einer Großmacht leben durften, ohne sich vor den Angriffen kriegerischer Nachbarn fürchten zu müssen.

Ky verriet noch, dass bis zum Jahr 2020 sogar zwanzig Millionen Touristen Tibet und besonders die Hauptstadt Lhasa besuchen würden. Diese enorme Steigerung wurde schon allein dadurch möglich, dass heute bereits zwei Drittel der Einwohner Lhasas gebürtige Chinesen waren.

»Wenn wir schon eine Verschmelzung anstreben, dann ganz sicher auch mit ordentlichen Ergebnissen«, prahlte der Direktor.

Lauri bemerkte Kalle gegenüber beiläufig, dass Direktor Ky ein netter Mann sei. Sonnig lächelnd erwiderte Ky auf Englisch, dass er in keiner Weise nett oder lustig sei, er repräsentiere lediglich das geliebte große Vaterland und versuche, das in bestmöglicher Weise zu tun.

Nun wussten die beiden Freunde also, dass der Mann, der als ihr Gastgeber fungierte, auch Finnisch verstand, was er verheimlicht hatte. Sie hatten es hier mit einem Typen zu tun, vor dem sie sich in Acht nehmen mussten. Ein chinesischer Geheimpolizist der übelsten Sorte.

Schmeichlerisch erkundigte sich der Spitzel, was die finnischen »Freunde« in Tibet und Lhasa sehen wollten und welches Programm er ihnen bieten könnte.
Kalle und Lauri erklärten, dass sie einfach nur als Touristen gekommen seien, aber gleichzeitig interessiere sie das altehrwürdige tibetische Mönchstum. Sie wollten gern eines der großen Mönchsklöster besuchen und sich mit den Mönchen unterhalten, vielleicht ließe sich das einrichten. Außerdem wollten sie natürlich die Hauptstadt und das Gebirge der nahen Umgebung erkunden. Könnten sie eventuell für ein paar Tage einen örtlichen Führer und Träger bekommen, der dafür sorgen würde, dass sie als unerfahrene Europäer an den steilen Hängen und in den Schluchten nicht zu Schaden kämen? Ky willigte sofort und breit lächelnd in beide Vorschläge ein und ergänzte von sich aus, dass er außerdem persönlich ein Programm für sie organisieren wolle, das die »Freunde« ihr Leben lang nicht vergessen würden. In derart schöner Eintracht beendeten sie die Mahlzeit, und Kalle und Lauri unternahmen einen Spaziergang durch die engen und verwinkelten Gassen der Hauptstadt.
Lhasa war eine kleine, alte Stadt und ehrwürdig wie eine betagte adelige Dame, sie war anmutig, geheimnisvoll, hoheitsvoll und verlockend. Durch die Straßen zogen viele Pilger, obwohl es Sommer und nicht die Zeit religiöser Feste war. Die frommen Pilger waren zu Fuß unterwegs. Viele hatten aus ihrer weit entfernten Heimat mehrere Monate bis hierher gebraucht, einer sogar drei Jahre. Das war auch nicht weiter verwunderlich, da er nur sehr langsam vorankam, denn er machte jeweils nur ein paar Schritte und warf sich dann auf die Knie, um zu beten. Manche leg-

ten sich ausgestreckt hin und drückten die Stirn auf den Boden. Die Allerfrömmsten hatten bereits eine blutige Beule an jener Stelle, mit der sie unentwegt den Boden berührten. Der oben erwähnte Mann erhob sich soeben wieder von seinem Gebet, tat drei Schritte und warf sich erneut auf die Knie. Verständlich, dass bei diesem Tempo der Pilgerweg Monate oder sogar Jahre dauerte.

Kalle konnte es nicht lassen, seine Gebetsmühle einzuschalten. Wozu besaß er schließlich einen solchen Apparat, und noch dazu einen von dieser Qualität. Die Gebetsmühlen, die die Pilger mit sich trugen, waren runde, verschnörkelte Monstren, die von Hand gedreht wurden. Ein bisschen so wie Holzratschen.

Die Gebetsmühle posaunte für Pilger und Stadtbewohner sofort ihre speziellen Andachtsprogramme und Schweinereien heraus, sodass es in den Straßen und Gassen widerhallte. Kalle versuchte, den Redefluss des Apparates zu dämpfen, der aber gehorchte seinem Herrn nicht, sondern verkündete weiter seine schlüpfrigen Botschaften in voller Lautstärke, was zur Folge hatte, dass zahlreiche Pilger und Einheimische über Kalle und Lauri herfielen und die Besitzer des frivolen Apparates verprügelten.

Die beiden Freunde konnten mit Mühe und Not den Fäusten der erzürnten Gläubigen entrinnen und sich in das Teehaus retten, in dem sie vorhin gesessen hatten. Ky war noch vor Ort und bezahlte gerade die Rechnung. Kalle schraubte die Bodenplatte der Gebetsmühle ab und brachte das Gerät endlich zum Schweigen. Es war an der Zeit, Ky die finnische Erfindung vorzustellen.

Der Vizedirektor des Tourismusbüros von Lhasa konnte sich nicht im Mindesten für Kalles und Lauris Mühle er-

wärmen. Zwar hörte er sich brav lächelnd eine Hindu-Andacht an, aber der finstere Ausdruck in seinen Augen ließ keinen Zweifel aufkommen: Im heutigen China würde dieser obskure geistliche Apparat keinen Erfolg haben. Ky verkündete freundlich, dass sein Büro die Missionstätigkeit der Finnen nicht unterstützen werde, mehr noch, er bat sie, die Gebetsmühle auf chinesischem Territorium künftig nicht mehr einzuschalten. Dergleichen widerspreche den bewährten Prinzipien der Großmacht. Die Besuche in den Klöstern gingen ja noch an, aber es müsse auch eine Grenze geben. Bereits zu Zeiten des alten und hoch verehrten Mao habe man mit blutigen Köpfen für die Ausmerzung aller westlichen religiösen Saat gekämpft, und in der neuen Ära bestehe kein Grund, zu imperialistischen Gepflogenheiten zurückzukehren.
Als Quartier wies der selbstbewusste Tourismuschef den beiden Finnen spartanische ehemalige Klausen in Lhasas größtem Mönchskloster zu. Die zwei bis drei Quadratmeter großen Räume waren mit Matratzen, Kissen, Decken und sauberer Bettwäsche ausgestattet, Licht erhielten sie durch eine kleine Fensterluke, die man zur Nacht schließen konnte. Etwa zwanzig solcher Klausen waren in den Felsen gehauen worden, ebenso wie ein großer Saal, vermutlich der Versammlungsort des Klosters und eine Art Kirche, aber religiöse Gegenstände waren nicht zu sehen. Karg und unwirtlich wirkte das Gebäude, und weit und breit gab es keine Spur von Mönchen, aber auf den Gängen und vor den Türen standen Soldaten in Uniform, die leichte Maschinenpistolen über der Schulter trugen.
Neben den Betten standen Kannen mit frischem Wasser, und für beide Gäste lag je eine englischsprachige Broschüre

bereit, in der von der Macht des heutigen China und von der neuesten Entwicklung Tibets und Lhasas berichtet wurde. In dieser Hinsicht war also alles in Ordnung. Der Träger schleppte die Koffer der Reisenden in dieses öde Kloster und stellte sie neben den Betten ab.

Es war bereits Zeit zur Nachtruhe. Lauri und Kalle bedankten sich bei ihrem freigiebigen Führer Ky, nachdem sie zuvor verabredet hatten, dass er sie zeitig am Vormittag zum Frühstück abholen sollte.

Als die beiden Freunde allein waren, unterhielten sie sich über ihre Erfahrungen. Sie kamen zu dem Schluss, dass sie die Gebetsmühle von nun an besser nicht vor staatlichen Beamten einschalten sollten, aber ganz wollten sie auf den Apparat nicht verzichten, und auf jeden Fall wollten sie erkunden, ob sich die Tibeter dafür interessierten. Ohne Weiteres ließe sich ein Programm in der Landessprache einspeisen, das sich die Einheimischen, auch die wenigen noch lebenden Mönche, privat anhören könnten, um so ihrem alten Glauben Genüge zu tun.

14

Eine moderne Gebetsmühle kann mehr leisten als nur fromme Andachtsdienste. In dem von Kalle entwickelten Gerät befand sich ein leistungsfähiges Handy, mit dem man mühelos ins Internet gelangen konnte, sogar von Tibet aus, und diese Möglichkeit nutzte der Erfinder jetzt. Er suchte nach Informationen über Tibets gegenwärtige Situation und fand einen langen Nachrichtenbeitrag zum Thema.

Lauri und Kalle machten sich Notizen, während sie die Nachrichten studierten, die in der Tat bewiesen, dass China als Besatzungsmacht die einheimische Bevölkerung keineswegs sanft behandelt hatte. Die beiden Freunde beschlossen, all die Ungeheuerlichkeiten zur Sprache zu bringen, wenn sie ihren Gastgeber Ky zum Lunch treffen würden.

Der Lunch wurde in demselben Pavillon eingenommen, in dem sie tags zuvor gespeist hatten. Diesmal gab es ein noch üppigeres Büfett, angeboten wurden mindestens zwanzig verschiedene, ausgezeichnet gewürzte kleine Bündel, in die Fleisch, Fisch und exotische Gewürze eingewickelt waren. Vizedirektor Ky hatte für die kommenden Tage ein Besichtigungsprogramm zusammengestellt. Er hatte den beiden Finnen einen tüchtigen Träger und einen Fremdenführer engagiert. Letzterer sollte sie ins Gebirge führen, wo sie eine Nacht oder vielleicht auch zwei in einer kleinen Hütte verbringen würden. Eine Yak-Safari, ein chinesischer Spieleabend und ein kulinarischer Ausflug zu den Speisetischen des Himalaja gehörten ebenfalls zum Programm. Lauri und Kalle nannten den Plan großartig und dankten ihrem Gastgeber für seinen Erfindungsreichtum und seine Mühe.

Nach Abschluss der Mahlzeit zückte Lauri ein Blatt Papier, auf dem er zusammen mit Kalle die Leiden des tibetischen Volkes während der chinesischen Besatzung aufgelistet hatte. Anfangs hörte Ky interessiert zu, aber im weiteren Verlauf des Vortrags wurde seine Miene immer angespannter, und schließlich verschwand das ewige Lächeln von seinem Gesicht.

Lauri stellte klar, dass die Besetzung Tibets völkerrechtlich gesehen illegal gewesen sei und zum Ziel gehabt hätte, Chinas kleines Nachbarland zu versklaven. Über die Jahrzehnte hinweg hätte das chinesische Militär in Tibet und seiner Hauptstadt Lhasa ein strenges Regiment geführt, und ein Ende sei anscheinend nicht abzusehen. Erst im Jahr 2006 hatten Soldaten auf flüchtende Tibeter geschossen. Andersdenkende wurden in Lhasas neues Gefängnis gesperrt, und es gab Fälle, in denen Mönche und Nonnen verhaftet worden waren, nur weil sie ein Poster des Dalai Lama besessen hatten. Die im Land durchgeführte Umerziehungskampagne hatte indirekt die chinesischen Einwohner begünstigt. Das Analphabetentum unter den Tibetern hatte zugenommen. Außerdem verkaufte die Regierung Chinesen, die nach Lhasa ziehen wollten, verbilligte Bahnfahrkarten.

Im Verlauf der Ausführungen blickte Vizedirektor Ky immer strenger drein. Eisig erklärte er, dass zumindest für diesen Tag das eingangs vorgestellte Touristenprogramm ausfallen würde. Es müsste noch genauer durchdacht werden.
Schweigend kehrten Lauri und Kalle ins Kloster zurück und warfen sich auf ihre Betten. Ihnen schien, dass die Situation recht verfahren war. Die Chinesen ertrugen anscheinend keine Kritik an ihrer Politik.
Die beiden engagierten auf eigene Faust einen Bergführer und unternahmen an den zwei folgenden Tagen jeweils für einige Stunden Klettertouren in die Umgebung von Lhasa. Die Landschaft war schier atemberaubend, es ließen sich aber keineswegs alle Hänge besteigen, nicht mal mit voller Ausrüstung. Lauri und Kalle mussten sich damit begnügen, die Pässe entlangzukraxeln, und selbst das war für die Finnen schon schwierig genug. Der tibetische Führer war ein zäher Alter, der mühelos den Proviant und die großen Seilbündel auf den Schultern trug. Er beherrschte auch sämtliche Fertigkeiten, die im Gebirge nötig waren, entzündete in Windeseile ein Lagerfeuer, kochte schmackhafte Lammfleischsuppe, wusste die Namen der höchsten Gipfel in der schroffen Landschaft und wie viele Menschen dort in den Tod gestürzt waren. Er kannte unendlich viele alte tibetische Volkssagen und Sprüche, deren Übersetzung ins Englische ihm allerdings Schwierigkeiten bereitete. Außerdem machte er Zauberkunststücke und sang Hirtenlieder. Die hinduistische Botschaft der Gebetsmühle nahm er zunächst mit einigem Staunen zur Kenntnis, lauschte ihr dann aber andächtig.
Die Gebirgstouren klappten zwar gut, aber mit dem übri-

gen Programm haperte es. Ky, der Vizechef des Tourismusbüros, meldete sich nicht mehr bei den Finnen, auch die anderen Chinesen schienen nicht an ihrer Gesellschaft interessiert. Lauri und Kalle versuchten ihrerseits, mit den Tibetern in Kontakt zu kommen, um ihnen die Gebetsmühle vorzustellen. Sie besuchten mehrere Schulen, aber wenn die tibetischen Lehrer erfuhren, worum es ging, untersagten sie entschieden lächelnd das Hausieren mit Gebetsapparaten.

Wenn Lauri und Kalle in der Stadt unterwegs waren, hatten sie oft das Gefühl, dass sie verfolgt und beobachtet wurden. Hatte vielleicht Vizedirektor Ky ihre Überwachung angeordnet? Verdächtigte man sie der Spionage? Darauf könnte in China unter Umständen die Todesstrafe stehen, vermutete Kalle. Eine entsprechende Meldung hatte er unlängst in einer Zeitung gelesen. Der Gedanke an die Hinrichtung auf Beschluss eines chinesischen Militärgerichts ließ Lauri schaudern. Er überlegte, ob sie ihre ganze Erkundungsreise vermasselt hatten. Was war schiefgelaufen? Wäre es besser gewesen, sich beim Lunch mit Ky die Kritik an Chinas Methoden zu verkneifen? Jetzt waren ihre Beziehungen mit ihm definitiv gestört, ja kaputt. Während ihrer restlichen Zeit in Lhasa mussten sie vorsichtig agieren, um die Gastgeber nicht noch mehr zu reizen.

Am dritten Tag kehrten Lauri und Kalle in ihr Kloster zurück, um sich aufs Ohr zu legen. Das war allerdings kaum möglich, denn in den Zellen waren zwei Schweißer am Werke. Was ging da vor? In der Öffnung zu Kalles Klause entstand eine zweiteilige Tür mit Stahlgitter, und als der chinesische Handwerker schließlich ein schweres Schloss angebracht hatte, konnte sie in Betrieb genommen werden. Beide Finnen wurden in Kalles Klause geschoben, die Tür wurde zugeschlagen und verriegelt. Sie waren Gefangene in einem Kloster, in dem es keine Mönche, sondern Soldaten gab und aus dem ein Gefängnis geworden war.

Die Gittertür zu Lauris Zelle war ebenfalls rasch festgeschweißt, man holte ihn aus Kalles Zelle und schob ihn in seine eigene. Hinter ihm wurde abgeschlossen, beide Männer hatten ihre Freiheit eingebüßt. Zwar konnten sie noch miteinander kommunizieren, aber der Gang zur Toilette war nicht mehr möglich. Dafür musste jetzt ein Zinkeimer herhalten, der in der Ecke stand. In der anderen Ecke stand eine Kanne mit Wasser, mehr Annehmlichkeiten gab es nicht.

Obwohl beide Männer den ganzen Tag in der Stadt herumgelaufen waren und versucht hatten, die Gebetsmühle an den Mann zu bringen, wollte sich der Schlaf nicht einstellen. Die Zellen waren stockdunkel, doch die Gittertüren waren zu ahnen, sie waren wie eine Mauer, die als unüberwindliches Hindernis den Weg nach draußen versperrte.

Kalle sagte, dass er plötzlich mit Sehnsucht an seine Ehefrau, überhaupt an Frauen denke.

»Geht mir auch so«, gestand Lauri. Er sah im Geiste Irma vor sich, nackt und sauber vom Saunabad. Sie lag auf dem Bett, das Haar auf dem Kopfkissen ausgebreitet, sie duftete frisch und lächelte einladend.

Kalle dachte an seine Frau Anita.

»Sie hat so herrliches, langes Haar, es reicht ihr bis auf die Schultern. Das Waschen und Kämmen macht bestimmt

Mühe. Aber man kann so schön das Gesicht darin verstecken, ganz wie als Kind, wenn man sich in den Sträuchern verkroch.«

Nach den sehnsüchtigen Gedanken an die Ehefrau blieb den beiden noch der Versuch, zu beten und Rettung aus dieser Not zu erflehen. Als Lauri unlängst in lebensgefährlicher Situation im Finnischen Meerbusen hatte verweilen müssen, hatte er viel über religiöse Fragen und den Trost des Gebetes nachgedacht. Damals hatte es einen Anlass gegeben, und jetzt gab es ihn wieder: den Kampf ums nackte Überleben. Kalle, der trotz aller Unannehmlichkeiten weiter auf sein Schicksal vertraute, äußerte sich positiv, war zuversichtlich, dass man sie nicht zum Tode verurteilen und hinrichten würde. Immerhin waren sie Ausländer, stammten aus dem friedlichen Finnland.

Lauri erinnerte sich jedoch, dass die Chinesen schon mehrmals im Verlauf ihrer langen Geschichte Ausländer getötet hatten, und zwar zielgerichtet.

Kalle schaltete die Gebetsmühle ein und ließ sie eine hinduistische Andacht johlen, die den eingefleischten Lutheranern jedoch nicht viel sagte. Die beiden bekamen das Gefühl, dass sie keinen richtigen Glauben und keinen Draht nach oben besaßen, über den sie Hilfe erhoffen konnten. Sie befanden sich in China, genauer gesagt in Tibet, und zu allem Überfluss hinter Gittertüren.

In ihren engen Zellen murmelten die beiden Männer das allseits bekannte Abendgebet:

»Vater lass die Augen dein über meinem Bette sein ...«

Es erleichterte sie wenigstens ein bisschen, aber noch mehr besserte sich ihre Stimmung, als Lauri den Vorschlag machte, Kalle möge doch einen ganz neuen Glauben erfinden, da die gegenwärtigen Weltregionen und vor allem die Ideologien veraltet und purer Mist seien.

»Fang an nachzudenken, du bist doch Erfinder. Ich erschließe den Markt, wenn du die Religion fertig hast.«

Kalle erklärte, dass die Entwicklung einer neuen Religion eine gewaltige Herausforderung sei, so etwas klappe nicht im Handumdrehen. Schließlich sei auch der christliche Glaube über mehrere Jahrtausende hinweg entwickelt worden. Ein gewöhnlicher finnischer Pfiffikus stoße eben auch an seine Grenzen.

Er erkundigte sich noch, ob er auch gleich einen neuen Gott erfinden müsse. Lauri fand, dass ihre gemeinsame Religion keine Götter brauchte. Die Götter der herrschenden Religionen waren Gestalten, die große Macht besaßen, rachsüchtig waren und schlimmste Leiden veranlassten. Sie waren auf dem besten Weg, den ganzen Erdball zu vernichten – sie führten die Menschheit zwar nicht in einen dritten Weltkrieg, aber doch auf jeden Fall in eine Ökokatastrophe.

»Ich muss meine grauen Zellen ein bisschen auf Touren bringen«, erklärte Kalle. Er betonte allerdings, dass es schwierig sei, eine Religion zu entwickeln, die ohne Gott auskommen würde.

»Aber ich habe in meinem Leben auch schon verrücktere Erfindungen gemacht.«

15

An ihrem zweiten Hafttag holte man Lauri und Kalle zum Verhör. Sie waren ein wenig überrascht, dass es von jenem Mann geleitet wurde, der mit ihnen auf der Bahnfahrt, bis zu dem Buschbrand, im selben Waggon gereist war. Er gehörte tatsächlich der chinesischen Staatssicherheit an und hatte die Aufgabe gehabt, das Duo unterwegs und auch in Lhasa zu beschatten. Nun trat er ganz offen auf, er musste seine Funktion nicht mehr verheimlichen.

Es gab insgesamt drei vernehmende Beamte, neben dem Geheimdienstler noch einen Sekretär und einen Dolmetscher, der überraschend fließend Finnisch sprach. Er war seinerzeit während Maos Herrschaft von Finnland nach China gereist, hatte dort studiert und war im Land geblieben. Ursprünglich war er Journalist gewesen, dann hatte er eine maoistische Erweckung erfahren und sich unter diesem Eindruck in das ferne Land aufgemacht. Das war jetzt mehr als dreißig Jahre her. Inzwischen war der Mann bereits weit über sechzig.

In Finnland hatte Teppo N. als jugendlicher Eiferer an den Märschen der Stalinisten teilgenommen, hatte die rote Fahne geschwenkt und den baldigen Sieg der sowjetischen Wirtschaft über die der USA verkündet, sodass auch die finnischen Kapitalisten gezwungen sein würden, den Stoßtrupps der Roten zu gehorchen. Teppo N. war in seiner Jugend ein schmucker Bursche gewesen, hatte unter den Studentinnen zahlreiche Verehrerinnen gehabt. Sein revolutionäres Charisma war allerdings geschwunden, als er sich damit begnügte, auf den ausbleibenden Umsturz zu warten. Die Chinesen packten die Sache zügiger an, und so entdeckte Teppo seine politische Heimat im Maoismus. Mit Maos *Kleinem rotem Buch* in der Hand verkündete er, dass die Sowjetunion die Hoffnungen der roten Arbeiter getäuscht habe, dass man aber in Maos China nicht auf halbem Wege stehen bleibe werde. Teppo veröffentlichte in seiner Zeitung die »Erläuterungen zum langen Marsch«, die zu dem Mythos von Maos Bewegung geführt hatten, und wurde daraufhin rausgeworfen. Also beschloss er, dem Heimatland Adieu zu sagen und seine Kampfgefährten dort zu suchen, wo es sie zu Millionen gab.

Die Reise nach China dauerte zwei Monate, und Teppo kam unterwegs ziemlich auf den Hund, da er kein Geld und auch sonst keine bürgerlichen Güter besaß. Über Albanien und zahlreiche osteuropäische Staaten gelangte er schließlich an sein fernöstliches Traumziel, wo er die Sprache studierte und chinesische Texte ins Finnische zu übersetzen versuchte mit dem Ziel, ein großes chinesisch-finnisches Wörterbuch zu verfassen. Das Projekt war längst gestorben, aber Teppo hatte sich inzwischen einen gewissen Status als Dolmetscher bei der Geheimpolizei erarbeitet. Und auch während Lauri Lonkonens und Kalle Homanens Verhör wurde auf seine Fähigkeiten zurückgegriffen.

Von Teppo N's maoistischer Überzeugung war inzwischen aber vermutlich nicht einmal mehr der Einband des »Kleinen Roten Buches« übrig geblieben. So ändert sich die Welt – und die Weltpolitik.

Für die Verhöre wurden im zentralen Saal des Klosters ein großer Tisch und ein halbes Dutzend Stühle aufgestellt und helle Arbeitslampen installiert. Man holte Lauri und Kalle aus ihren Zellen und befahl ihnen, sich auf die Stühle zu setzen, hinter denen sich zwei bewaffnete Soldaten aufbauten. Fluchtmöglichkeiten gab es nicht.

Die vernehmenden Beamten verhielten sich korrekt, vermieden Gewaltandrohungen. Sie waren jedoch streng und zeigten sich gut informiert über den Aufenthalt der beiden Finnen in China. Sie hatten ebenfalls Kenntnis von ihrem Besuch in der chinesischen Botschaft in Neu Delhi und sogar von ihrem Kontakt zum Dalai Lama. Auch wussten sie Bescheid über Lauris und Kalles Versuche, die Gebetsmühle zu verkaufen. Die Beamten öffneten den Apparat und staunten über sein Inneres, dann hörten sie sich die hinduistische Andacht an und fanden all das absonderlich. Teppo N. konnte sich die persönliche Frage nicht verkneifen, ob in Finnland eine neue hinduistische Sekte gegründet worden sei. Genügte den Finnen Hare Krishna nicht? Na egal, mochten sie Hindugöttern und Yoga huldigen. Aber was um alles in der Welt veranlasste Lonkonen und Homanen, durch Asien zu ziehen und eine fragwürdige Lehre zu propagieren? In China werde sich garantiert kein vernünftiger Mensch um diese Art hinduistisches Gebrabbel scheren. Darauf sagte Lauri, dass er und sein Gefährte keineswegs die Absicht hatten, auch nur einen einzigen Chinesen zum Hinduismus zu bekehren. Es handele sich vielmehr um ein kommerzielles Projekt mit dem Ziel, herauszufinden, ob es in Asien gute Voraussetzungen für die

Produktion der Gebetsmühle gebe. Die bisherigen Erfahrungen zeigten jedoch, dass man bestenfalls in Indien eine moderne Fabrik für deren Herstellung errichten könne. Lauri versicherte, dass das Produkt auf keinen Fall heimlich nach China exportiert werden würde. Man wolle die Kultur der Großmacht nicht beleidigen.

Die Beamten wollten vor allem wissen, warum die beiden Finnen ihre Nase in die Beziehungen zwischen zwei souveränen Staaten steckten. Mit welcher Befugnis glaubten die Herren unterwegs zu sein? Sie waren nichts weiter als dahergelaufene Amateure, die sich auf gar keinen Fall in die internationalen diplomatischen Praktiken hätten einmischen dürfen. Das machten die Beamten Lauri und Kalle ein für alle Mal klar, ihre Verteidigungsversuche nahmen sie nicht ernst. Das belastende Material über Lauris und Kalles Aktivitäten stapelte sich auf dem Tisch, Material, das eindeutig auf Spionage hindeutete. Hatten die beiden Finnen einen Auftraggeber, den sie hatten geheim halten können?

Lauri versuchte die Situation dadurch zu retten, dass er vorschlug, man möge ihn und seinen Freund ausweisen, gegebenenfalls für immer, sofern das möglich sei. Freilassen müsse man sie auf alle Fälle. Darauf gingen die Beamten nicht ein, sie sagten lediglich, dass man die Angelegenheit gründlich prüfen werde. Zeit habe man genug. Besser wäre es, die beiden Finnen würden ihr Motiv offenlegen, sodass der Prozess vorbereitet werden könnte.

Nach dem Verhör wurden Lauri und Kalle wieder in ihre Zellen gesperrt. Man brachte ihnen ein wenig Suppe, in der ein paar Fleischstücke schwammen, ob Fisch oder Huhn war nicht zu erkennen. Hungrig schlürften sie ihr Mahl und legten sich dann schlafen. Kalle meinte schließlich, jetzt sei es wirklich so weit, dass sie eine neue, starke Religion bräuchten, die ihnen aus der Patsche helfen würde. Auch Lauri fand, dass sie arg in der Klemme saßen und dass die Zukunft nichts Gutes versprach. Der Gedanke an einen Gerichtsprozess in China ließ ihn erschauern.

Nachts erwachte Lauri von undeutlichem Gemurmel, das aus der Nachbarzelle drang und gut eine Viertelstunde andauerte. Er kam zu dem Schluss, dass Kalle einen seltsamen Traum hatte, der ihn veranlasste zu sprechen. Als er angestrengt lauschte, verstand er so viel, dass sein Freund über große metaphysische Fragen sprach. War das Erfindergenie womöglich dabei, im Traum eine neue Weltreligion zu entwickeln? Alles deutete darauf hin, aber schließlich gewann männliches Schnarchen die Oberhand, und der Rest der Nacht verging ohne weitere Ausführungen zum Thema von Kalles Seite.

Am Morgen erschien ein Uniformierter, um die Kübel zu leeren, danach brachte er ein chinesisches Häftlingsfrühstück. Lauri und Kalle bekamen je eine Schale mit Tee und zwei Brotkanten, dazu auf einem kleinen Teller ein wenig dampfenden Reis. Auch diese karge Mahlzeit ließen sich die beiden schmecken. Schade nur, dass es keine Waschmöglichkeit gab, keine dampfende Dusche und keine Gelegenheit zu einem gesunden Morgenspaziergang. Sie mussten sich damit begnügen, eine Ecke des Handtuchs in der Trinkwasserkanne zu befeuchten und sich damit Gesicht und Achseln abzuwischen.

Nach dem bescheidenen Morgenritual erzählte Kalle, dass er nachts wach gelegen und über Religionsfragen nachgedacht habe. Er habe schließlich auch eine grandiose Eingebung gehabt, die er für weit erhabener und zumindest in vielerlei Hinsicht interessanter halte als jeden anderen der gegenwärtig bestehenden religiösen Ansätze. Lauri interessierte sich natürlich für dieses Wunder und bat ihn ungeduldig, die wesentlichen Gedankengänge und wenn möglich auch einige Details seiner nächtlichen Eingebung darzulegen.

Sie mussten davon ausgehen, dass in den Zellen Mikrofone versteckt waren, um die Gespräche der Gefangenen abzuhören und den Inhalt gegen sie zu verwenden. So schlug Kalle also vor, die Unterhaltung im Dialekt von Rauma fortzusetzen, den sie seinerzeit in der Armee auf Befehl ihres Spießes hatten pauken müssen. Das Ganze war allerdings schon zwanzig Jahre her, aber als sie einen Versuch starteten, fanden sie überraschend gut wieder in den Wortschatz hinein.

»Wir sprechen es vermutlich nicht ganz korrekt, aber der Chinese versteht es sicher nicht, und Teppo auch nicht«, meinte Kalle.

»Stimmt, das kann nicht mal der Teufel«, bestätigte Lauri.

Sie wandten sich wieder den religiösen Fragen zu, jetzt im Dialekt von Rauma. Kalle kauderwelschte:

»Wenn ich den Grundgedanken weiterentwickle und reifen lasse, können wir uns gemeinsam auf die Details einigen. Zeit haben wir ja genug, wahrscheinlich schmoren wir noch ein ganzes Jahr in diesem Loch, oder sogar zwei, ehe wir vor ein chinesisches Gericht gestellt und anschließend erschossen werden.«

Kalles Idee war letztlich ziemlich einfach. Die neue Ideologie oder Religion, wie auch immer, beruhte auf dem

Grundgedanken, dass jeder Mensch ab und zu, mancher auch häufiger, gute Taten beging. Diese Taten wären die Basis der neuen Religion. Sämtliche guten Taten der Menschen würden notiert und in einem eigens zu gründenden Zentralregister gespeichert, im Computerzeitalter sollte das kein allzu großes Problem sein

Lauri wollte wissen, wer die guten Taten der Menschen auflisten und ins Zentralregister schreiben würde, Gott oder von Kalle erfundene Engel? Wer sonst sollte das schließlich übernehmen?

Kalle erklärte geduldig, dass er die Auflistung der guten Taten nicht Gott oder den Engeln überlassen würde, das sollte jeweils ein nahestehender Glaubensbruder oder eine Glaubensschwester übernehmen. Es würde sich also um eine Art Vertrauensbeziehung handeln. Ein zuverlässiger Freund würde die Taten des Gläubigen, speziell die guten, notieren und dafür sorgen, dass sie in regelmäßigen Abständen, beispielsweise jedes halbe Jahr, ins Zentralregister eingetragen würden. So einfach!

»Und die bösen Taten?«, fragte Lauri. Die wären, eingedenk der menschlichen Natur, sicher zahlreicher als die guten, aber wer würde schon seine Sünden einem Glaubensbruder anvertrauen wollen.

Kalle sagte, dass er in der Nacht einen Traum gehabt und für dieses zweifellos schwierige Problem eine gute Lösung gefunden habe.

»Die bösen Taten werden gar nicht aufgeschrieben. In dieser Religion wird nicht verurteilt und nicht getratscht. Nur die Güte zählt.«

Lauri dachte eine Weile über Kalles Idee nach. Sie hatte zweifellos ihren Reiz. Jeder Mensch hatte garantiert etliche böse Taten auf dem Gewissen, bei manchen waren es nur ein paar Verfehlungen, aber bei richtigen Übeltätern ging es durchaus um schwere Verbrechen: Morde, Vergewaltigungen, Raubüberfälle, Körperverletzung ... Die Menschheit machte sich laufend solcher Schandtaten schuldig. Aber wenn diese Gräueltaten keine Beachtung fänden, würde es auch keine religiöse Verurteilung geben.

Kalle ergänzte noch, dass selbst der schlimmste Verbrecher mithilfe der neuen Religion eine Liste guter Taten zustande bringen könnte, eine Art geistiges Portefeuille, das ein Glaubensbruder oder eine Glaubensschwester alle halbe Jahre im Zentralcomputer speichern würde. Das Register könnte Millionen, sogar Milliarden guter Taten fassen, eine unbegrenzte Anzahl. Der Zugang zum Register wäre zunächst nur jedem in eigener Sache erlaubt, aber später, nach Jahren, könnten auch Erben oder Forscher Einblick nehmen.

»Und hast du für uns einen Gott erfunden?«, fragte Lauri ungeduldig.

»Nein, keinen.«

16

Das Leben in Gefangenschaft fern der Heimat, ohne sichere Gewissheit über das eigene Schicksal und ohne Kontakt zu den Angehörigen, war eine harte Erfahrung für Kalle Homanen und Lauri Lonkonen. Ihr Essen bestand aus einer dünnen, stinkenden Suppe. Beide dachten wehmütig an ihr gemeinsames finnisch-indisches Restaurant und seine Köstlichkeiten. Die meiste Sorge bereitete ihnen jedoch das bevorstehende Urteil.

»Ich habe wirklich echte Angst«, sagte Lauri zu seinem Gefährten, der die Religion ins Feld führte:

»Wir sollten ernsthaft anfangen zu beten«, meinte Kalle.

Der christliche Glaube war den Finnen natürlich vertraut. Lauri und auch Kalle hatten sogar als Kinder die Sonntagsschule besucht, und später waren sie konfirmiert worden. Wie Kalle berichtete, war er allerdings mindestens dreimal aus der Sonntagsschule abgehauen. Er war einfach in Gedanken auf den Schulhof gegangen, über den Zaun geklettert und auf die Landstraße getrabt, dort hatte man ihn aufgegriffen und zurückgebracht.

»Ich hatte damit gar nichts Besonderes beabsichtigt, bin einfach losgegangen, so war ich damals eben.«

Lauri erinnerte sich, dass er in der Sonntagsschule ein braver Junge gewesen war. Aber man hatte ihnen dort große

Bilder von hässlichen bärtigen Männern gezeigt, und er hatte schreckliche Angst vor Jesus und Gott gehabt, weil sie so furchtbar böse aussahen.
Die Erinnerungen an den Konfirmandenunterricht waren noch weitaus farbiger. Kalle war aus dem Konfirmandenlager ausgerissen, war unerlaubt und auf eigene Faust in die Stadt zurückgekehrt. Zusammen mit zwei Kumpels hatte er Haschisch probiert und Alkohol getrunken. Zwei Tage hatten sie herumgesumpft, und wegen dieses Ausflugs wäre er beinah nicht konfirmiert worden. Aber da er seine Verfehlungen tief bereut und um Vergebung gefleht hatte, hatten die Lehrer Gnade walten lassen.
Lauri hatte sich beim Konfirmandenunterricht so unsterblich in ein hübsches Mädchen verliebt, dass er geglaubt hatte, am gewaltigen Feuer seiner Gefühle sterben zu müssen, wenn die Angebetete ihm, dem schüchternen Jungen, nicht wenigstens einmal in die Augen sehen und ihn anlächeln würde. Aber später hatte dann ihre zwei Jahre ältere Schwester sein Herz gewonnen, mit ihr hatte er sich verlobt und sie anschließend geheiratet. Lauri und Irma waren heute immer noch ein Paar, sie hatten Kinder, ein schönes Heim und alles.
»Du kennst ja meine Irma.«
Die beiden Gefährten hatten inzwischen, speziell in letzter Zeit, Kenntnisse über den Buddhismus, den Schiismus und mithilfe der Gebetsmühle auch über den Hinduismus erworben. Lauri wusste über die großen Ideologien der Menschheit Bescheid, über den Sozialismus, den Kommunismus und den Faschismus. Und auf ihrer aktuellen Reise hatten beide außerdem Einblicke in die Lehren von Konfutse, ins Ariertum und auch in den Maoismus bekom-

men, der freilich einen Großteil seiner Strahlkraft verloren hatte.
Lauri hatte sich während der Reise gründlicher als Kalle mit dem Buddhismus beschäftigt, der, so hatte er erfahren, drei Hauptrichtungen hatte. Zwei davon waren in Indien verbreitet, aber eine dritte hatte sich abgespalten und bildete eine eigene tibetische Linie. Der Buddhismus begriff sich selbst als eine Art religiöses Fahrzeug. Das indische »Fahrzeug« wurde *Theravada* genannt, die Lehre der Älteren, für die große Masse der Gläubigen war *Mahayana* reserviert, das »große Fahrzeug«, und die Tibeter glaubten ans *Vajrayana*, das »Diamantfahrzeug«. Lauri erzählte, dass diese tibetische Glaubensrichtung nicht nur das Fahren mit diamantenen Fahrzeugen, sondern auch den Blitz bezeichnet, der, wenn er am Himmel zuckte, wie ein Edelstein funkelt.
Beide Freunde hielten es für unerlässlich, eine neue Religion zu praktizieren, und als Grundlage schien ihnen das, was Kalle geträumt hatte, gut geeignet. Ihre gegenwärtige Gefangenschaft und die Verhöre im tibetischen Kloster versprachen wahrlich nichts Gutes für die Zukunft. Allein würden sie sich kaum aus dieser Notlage retten können, da war es ratsam, den Blick zu einer göttlichen Kraft zu erheben und um Rettung zu beten.
Ob nicht vielleicht doch der traditionelle christliche Glaube am ehesten helfen würde, gab Kalle zu bedenken. Aber Lauri fand, dass eine eigene Religion in dieser Situation wichtig und eine bessere Garantie für die Rettung war.
»Etwas Eigenes ist immer am besten, und von Jesus haben wir vermutlich nicht viel zu erwarten, zumal keiner von uns wirklich gläubig ist.«

Als Kalle über die Sache nachgedacht hatte, musste auch er zugeben, dass der christliche Glaube in diesem chinesischen Kloster offenbar keine große Kraft besaß. So hatte er letztlich keine Einwände dagegen, eine eigene Religion zu gründen, jedenfalls würde es die Sachlage nicht verschlimmern. Die Welt bot genug Platz für Religionen, warum nicht auch für eine eigene und selbst entwickelte.
Kalle fand, dass sie ein paar Wesenszüge des tibetischen Buddhismus übernehmen könnten, da sie sich nun mal in Tibet befanden und der diamantene Blitz ihn beeindruckt hatte. Eine finnische Weltreligion, die schimmern würde wie ein Edelstein, dürfte künftige Glaubensbrüder und -schwestern durchaus ansprechen, zumal in Kombination mit einem Register guter Taten. Die neue Religion stand also im Wesentlichen auf einer stabilen Basis.
»Wir müssten noch irgendetwas echt Finnisches hinzufügen, zum Beispiel Elemente des laestadianischen Glaubens«, schlug Lauri vor.
Seine alte Tante war ihr Leben lang Altlaestadianerin gewesen, sehr fromm und auch sonst ein hochanständiger Mensch. Sie hatte altlaestadianische Choräle gesungen und war sonntags zu den Zusammenkünften der Sekte gegangen. Jeden Sommer hatte die fromme Frau eine ganze Woche mit ihren Glaubensschwestern und -brüdern verbracht. Kalle äußerte Zweifel, dass der Glaube ihr irgendwie geholfen hatte. Welchen Nutzen hatte sie davon gehabt? Lauri erzählte, dass die Tante ihr Leben lang in ihrer Gemeinde im nördlichen Puolanka sehr geachtet gewesen war und es zu einem beachtlichen Vermögen gebracht hatte. Sie war unverheiratet und Ladeninhaberin gewesen, und niemand hätte vermutet, dass sie am Ende

ihres Lebens reich sein würde. Aber genau das war passiert, und die Tante hatte in der Stadt Oulu einen zweiten Laden eröffnet. Sie hatte Bedarfsartikel für die Landwirtschaft verkauft, Kummets für die Pferde, Milchkannen, Kaffeekannen, Tretschlitten, verschiedene Arbeitsgeräte, angefangen von Stampfern und Äxten bis hin zu Webstühlen.

»Aber der liebe Gott hat deiner Tante keinen Ehemann beschert?«

Sie hätte sehr wohl einen Mann haben können, wenn sie gewollt hätte, geeignete Kandidaten hatte es reichlich gegeben, aber sie hatte lieber allein gelebt, oder vielmehr war sie bereits in jungen Jahren die Braut Christi geworden. Dadurch, dass sie die Heiratskandidaten abgewiesen hatte, hatte sie sich vermutlich viel Ärger erspart. Wer weiß, welchen Säufer sie am Hals gehabt hätte, hätte sie sich zur Sklavin irdischer Begierden gemacht. Alles in allem hatte die Tante ein wunderbares und reiches Leben gehabt, war bis ins hohe Alter gesund geblieben und erst mit achtundachtzig Jahren gestorben. Vor sechs Jahren war sie, unter dem Geleit einer riesigen Schar von Freunden, auf dem Friedhof von Puolanka beigesetzt worden. Die Glaubensbrüder und -schwestern hatten auf ihren Grabhügel einen mächtigen Stein gesetzt, in den die erste Strophe ihres Lieblingschorals eingemeißelt war, der den Weg nach Golgatha zum Inhalt hatte.

Lauri schätzte, dass Tausende Exemplare der Gebetsmühle hergestellt werden müssten, damit sie in aller Welt die frohe Botschaft von der Existenz einer neuen Religion verbreiten könnten. Aber wie sollte das in der Praxis vonstattengehen? Könnte man die Geräte vielleicht mit kleinen

Rädern versehen, auf denen sie sich fortbewegen könnten wie Roboter?

Kalle glaubte nicht daran, dass die Mühlen imstande wären, sich selbstständig durch die Straßen der Stadt zu bewegen, und selbst wenn man sie mit geeigneten Programmen zur Glaubensverkündigung ausrüsten würde, würde das kaum jemanden überzeugen. Wer wollte schon einen Kasten anbeten, und sei er noch so fromm.

Lauri regte nun an, dass man, wenn man schon keine Räder unter den Mühlen befestigte, ihnen wenigstens Flügel verleihen könnte, so wie an Gleitflugzeugen, dann könnte man die Mühlen bei geeignetem Wetter von einem höher gelegenen Standort aus losschicken, damit sie die neue Botschaft verkündeten.

Kalle war davon nicht begeistert. Seiner Meinung nach würden fliegende Gebetsmühlen die Menschheit ebenso wenig von der neuen Religion überzeugen wie rollende. Man musste sich etwas Wirkungsvolleres einfallen lassen. Um eine eigene Bibel zu verfassen, reichte ihrer beider schriftstellerische Begabung und Erfahrung vermutlich nicht aus, aber eine seelenvolle und fromme Basis für die selbst entwickelte Religion sollten sie schon schaffen.

»Wir könnten Propheten werden, falls uns nichts Besseres einfällt«, plante Kalle.

17

Lauri und Kalle verbrachten ihre Tage damit, in ihren Zellen herumzuliegen. Die Zeit wurde ihnen lang, und die täglichen Verhöre waren nicht gerade aufmunternd, denn man drohte ihnen mit einem harten Urteil, das allerdings nicht näher definiert wurde. Der Spitzel mit dem stechenden Blick, der die in strengem Ton geführten Sitzungen leitete, deutete an, dass die widerborstigen Ausländer wohl wegen Spionage mit der höchsten Strafe rechnen müssten. Lauri und Kalle vermuteten, dass das die Todesstrafe oder mindestens zehn Jahre Haft bedeutete. Es sah nicht gut aus für sie.

In dieser Situation brachte ihnen Kalles neue Religion Trost. Die beiden arbeiteten an den Details und waren sich bald einig, dass sie über etwas ganz Großartiges verfügten. Mit ein bisschen Glück könnten sie so etwas wie Jesus oder zumindest Propheten werden, im besten Falle sogar geistliche Führer vom Schlage des Dalai Lama. Kalle fand, dass eine solche Position nicht das Schlechteste wäre, auch Lauri fühlte sich geschmeichelt von der Vorstellung, Prophet einer Weltreligion zu werden. Aber er war realistischer als sein Gefährte und riet Kalle, sich nicht zu viel zu erträumen. Vielleicht waren sie ja auch nur zwei Irre mit bekloppten Fantasien? Genau das befürchtete Lauri nämlich, aber die Überzeugung seines Gefährten war stärker. Kalle erinnerte ihn daran, dass keine der alten Weltreligionen ursprünglich auf einer ernst zu nehmenden Erscheinung basiert hatte, sondern sie alle der Fantasie gewöhnlicher Sterblicher entsprungen waren. Warum also sollte es ihnen beiden nicht ebenfalls gestattet sein, die Lösung weltweiter Fragen ähnlich anzugehen.

Am Nachmittag beschlossen sie, erstmals und in vollem Ernst ein gemeinsames Gebet zu sprechen. Da Kalle ihnen keinen eigenen Gott erfunden hatte, beschlossen sie, dass das Weltall, also die gesamte bekannte und unbekannte Welt, an Gottes Stelle stehen solle. Das war wahrlich Gott genug.

»Verehrtes *Weltall*, rette uns aus dieser Misere«, sprach Lauri, und Kalle wiederholte murmelnd seine Worte.

»Allerbestes Weltall, gib uns wenigstens ein kleines Zeichen als Bestätigung dafür, dass wir hier eine neue Religion ausüben und dass wir aus diesen muffigen Zellen gerettet werden.«

Nun war Kalle der Vorbeter, und Lauri sprach ihm die flehenden Worte nach.

Es vergingen nur wenige Minuten, da kam ein kleiner gelber Vogel, der melodiös flötete und etwas auf dem Herzen zu haben schien, in den Hauptsaal des Klosters geflattert. Er setzte sich auf eine Eisenstange an Kalles Gittertür, legte den Kopf schief und betrachtete den Häftling. Kalle und Lauri sahen in ihm den Beweis dafür, dass das Weltall ihr inniges Gebet erhört hatte.

Lauri vermutete, dass es sich um eine Gelbbachstelze handelte, aber Kalle widersprach. Seiner Meinung nach konnten Bachstelzen in so hoch gelegenen Gegenden nicht überleben. Eher war dieser Bote eine lokale Besonderheit, ein Vogel, der sich an die dünne Luft gewöhnt hatte und auch Kälte und Wind aushielt. Wie auch immer, der Piepmatz saß auf dem Gitter und zwitscherte.

Die Männer waren zufrieden und wollten dem kleinen Vogel wieder in die Freiheit verhelfen. Dummerweise waren die Luken in der Steinmauer von außen verrammelt. Dieser Fluchtweg war also versperrt, es gab kein Entkommen, nicht für den Vogel und nicht für die Gefangenen.

Lauri und Kalle baten das Weltall, dafür zu sorgen, dass der Vogel den Weg nach draußen fand. Das Weltall erfüllte den Wunsch. Die Tür des Hauptsaals öffnete sich, und herein trat der Wärter, der den Gefangenen die abendliche Suppe brachte. Jetzt flatterte der kleine Vogel hinaus in die sommerliche Freiheit. Doch das war noch nicht alles – dieses Mal enthielt die Suppe mehr Einlagen als üblich, eindeutig frisch gekochtes Huhn und verschiedene Kräuter. Lauri und Kalle schlürften ihre Portion mit gutem Appetit und rühmten sich, dass sie wahrhaft gläubig seien. Das Weltall hatte ihren Hilferuf gehört und kannte ihr hartes Schicksal. Die beiden beschlossen, abends ein weiteres Mal zu beten, richtig andächtig und mit ernster Miene.

Spätabends beteten Lauri und Kalle erneut zum Weltall um Befreiung aus der Haft oder zumindest um ein erträgliches Strafmaß. Die Ungewissheit über ihr künftiges Schicksal beflügelte ihre Andacht und verlieh ihrem Gebet große Aufrichtigkeit, sodass sie anschließend beruhigt auf ihrer harten Lagerstatt einschliefen.

Am nächsten Tag geschah ein Wunder, größer und konkreter noch als der Besuch des kleinen Vogels am Vortag. In das massive Klosterbauwerk trat bald nach Ende des täglichen Verhörs ein Arzt, ein kräftiger Mann in mittleren Jahren, seine Haut war vom Leben an der frischen Luft gegerbt, er hieß Seppo Sorjonen. Der Mann war Facharzt für Allgemeinmedizin und als praktischer Berater für ein internationales Kinderhilfsprogramm in Tibet unterwegs. Viele westliche Ärzte und Krankenschwestern arbeiteten an Tibets Nordostgrenze und behandelten die mannigfaltigen Leiden der dortigen Einwohner, angefangen von Unterernährung bis hin zu verschiedenen Seuchen. Die Chinesen hatten den finnischen Arzt nach Lhasa gerufen, damit er vor Beginn des Gerichtsprozesses den Gesundheitszustand seiner inhaftierten Landsleute untersuchte. Sorjonen war gern in die Hauptstadt gekommen, denn das gab ihm Gelegenheit, sich mit medizinischem Gerät und Lebensmitteln einzudecken, bevor er an seinen abgelegenen Einsatzort zurückkehrte.

Die Soldaten öffneten zunächst die Gittertür von Lauri Lonkonens Zelle. Lauri musste sich mit nacktem Oberkörper auf den Verhörtisch legen. Der Arzt horchte seine Lunge ab und drückte ihm in die Seiten, dann bat er ihn, sich auf den Bauch zu legen, beklopfte seinen Rücken und prüfte die Beweglichkeit seiner Beine. Dabei erkundigte er sich nach den persönlichen Daten und eventuellen Vorerkrankungen. Als er erfuhr, dass der Patient in jüngster Zeit durch Indien gereist war und vorher im eiskalten Wasser des Finnischen Meerbusens hatte ausharren müssen, lobte er seine Zähigkeit und erklärte, dass schwächere Männer an so einer harten Prüfung längst gestorben wären.

»In der rechten Lunge pfeift es ein bisschen, aber ein Knastinsasse braucht schließlich Musik, am besten selbst gemachte.«

Lauri zischte dem Arzt zu, ob er als Landsmann ihm und seinem Gefährten helfen könnte, auf freien Fuß zu gelangen. Sorjonen erwiderte, dass das auf offiziellem Wege nicht möglich sei, nach allem, was die Chinesen ihm über die beiden Männer gesagt hatten.

»Die hiesigen Beamten verstehen Finnisch, sollten wir da nicht lieber im Rauma-Dialekt sprechen?«

Lauri verriet, dass er und sein Gefährte sich aus Geheimhaltungsgründen in diesem schwer verständlichen Dialekt unterhielten, aus dem nicht mal der Teufel schlau wurde, geschweige denn ein Sprachkünstler vom chinesischen Geheimdienst. Jetzt, da es um Fluchtpläne gehen würde, könnte ihnen der Dialekt unter Umständen das Leben retten.

Sorjonen flüsterte seinerseits, dass er dieses Kauderwelsch nicht verstehe. Er schlug vor, die alte Geheimsprache zu verwenden, die sie schon als Schüler benutzt hatten, auch Lauri und Kalle, wie er vermutete. Englisch, Deutsch, sogar Finnisch oder den Savo-Dialekt würden die Chinesen verstehen, aber diese Geheimsprache ganz sicher nicht.

So machten sie es, und nun konnte Lauri offen sein Schicksal beklagen. Sorjonen überlegte eine Weile. Schließlich versprach er, sein Möglichstes zu tun. Wenn es ihm gelingen sollte, den beiden Freunden aus ihren Zellen zu helfen, könnten sie allerdings auf keinen Fall mit dem Schnellzug zurückreisen, denn dort würde man sie alsbald erneut festnehmen und sie anschließend wieder ins Kloster verfrachten. Zwar war das Klosterleben eigentlich gut geeignet für jemanden, der eines Verbrechens verdächtigt wurde, aber falls die beiden Gefährten nach ihren bisherigen trüben Erfahrungen keinen Spaß mehr daran hätten, sollten sie über

eine Flucht durchs Gebirge, direkt nach Indien nachdenken. So hatte es seinerzeit der junge Dalai Lama gemacht, und nach ihm Tausende anderer Tibeter. Sorjonen versprach, wetterfeste Gebirgskleidung, Proviant und anderes Notwendige für die Flucht zu besorgen und irgendwo in der Nähe zu deponieren.
Abschließend empfahl Doktor Sorjonen Lauri ein paar Tage Bettruhe. Er war davon überzeugt, dass die Chinesen sein Ruhebedürfnis respektieren würden. Ruhe stand den beiden Häftlingen unter Umständen sogar für Jahrzehnte bevor, zunächst in diesen Zellen, dann Grabesruhe bis zum Einzug in den Himmel. Und in diesem Fall gäbe es sogar etwas durchaus Positives:
»Nacherna meinerna Wisserna werderna bei Hingerichterna keinerna Obduktionerna gemachterna. Ihrerna werderna unversehrterna oberna ankommerna.«
Tatsächlich beherrschte auch Kalle die gewählte Geheimsprache einigermaßen, und so dauerte seine Untersuchung nur ein paar Minuten. Sorjonen stellte fest, dass der Erfinder ein gesunder Mann war, empfahl aber auch ihm ein paar Tage Ruhe vor der anstrengenden Flucht nach Indien.
Sorjonen betonte noch, dass die Bedingungen im Gebirge äußerst rau seien. Aber es würde schon alles gut gehen. Die beiden Gefährten sollten einfach der höheren Macht, dem Arzt, vertrauen, sagte er ihnen zum Abschied
»Führchteterna eucherna nichterna.«

18

Doktor Seppo Sorjonen kam fast jeden Tag ins Gefängniskloster zu Besuch. Er unterhielt sich mit Lauri Lonkonen in Geheimsprache und vereinbarte mit ihm die Details der Flucht. Mit Kalle sprach er dagegen kaum darüber, denn oft lungerten im Saal Chinesen herum, und er war sich nicht sicher, wie schnell es ihnen gelingen würde, das Geheimnis der Sprache zu entschlüsseln. Sicher war jedoch, dass sie, würden sie von den Fluchtplänen erfahren, zu drastischen Maßnahmen greifen würden. Kalles und Lauris Leben wäre dann keinen Pfifferling mehr wert.

Im Laufe der Woche einigten sich Sorjonen und Lauri endgültig auf den Fluchtplan. Der war zwar nicht sehr kompliziert, aber für die Realisierung benötigte der Doktor dennoch viele Tage. Da Lauri und Kalle in ihren Zellen keine Gebirgsausrüstung hatten, musste die erst mal angeschafft werden. Sorjonen richtete für die Flüchtlinge im Südwesten vor Lhasa einen Proviant- und Ausrüstungsstützpunkt ein. Er besorgte möglichst genaue Karten von Tibet, Nepal und den nordöstlichen Teilen Indiens, außerdem zwei Kompasse und Notizblöcke. Die Karten und die Notizblöcke rollte er um die Griffe zweier Taschenlampen, die er den Gefangenen heimlich durch die Gitterstäbe reichte. Lauri und Kalle versteckten die Schätze sofort unter ihren Matratzen. Am Morgen flüsterte Sorjonen Lauri zu, dass er in einer geeigneten Nacht die Fensterluken in der Außenmauer des Klosters öffnen würde. Zwar würde es für die Häftlinge beschwerlich sein, durch die gut anderthalb Meter dicke Steinmauer zu kriechen, aber dieser enge Schacht sei die einzige Chance für sie, ins Freie zu gelangen. Kalle freute sich, dass er zufällig während der Haft mehrere Kilo abgenommen hatte. Auch Lauri fand, dass es peinlich wäre, wenn einer von ihnen womöglich wegen seines Bauches stecken bleiben würde. In dieser Hinsicht war die Verpflegung in der chinesischen Zelle vorbildlich gewesen.

Die letzten Tage vor der tollkühnen Flucht vergingen in gespannter Erwartung. Lauri und Kalle beteten im Stillen unzählige Male zum Weltall und flehten um gnädigen Beistand und göttliche Führung durchs Gebirge nach Indien. Jeden Abend übten sie, aus Decken und Bettzeug einen »kalten Kalle« zu formen. So nennt man die von Rekruten erfundene raffinierte Nachbildung eines menschlichen Körpers, die in den Kasernen der finnischen Armee immer dann zum Einsatz kam, wenn ein Soldat beschlossen hatte, abends heimlich auszugehen. Erschien dann der diensthabende Offizier oder Unteroffizier in der Stube, um zu kontrollieren, ob alle ordnungsgemäß in ihren Betten lagen, fand er im Bett des »Urlaubers« ein Gebilde, das wie ein Mann aussah und unter Rekruten »kalter Kalle« genannt wurde. Die beiden Freunde mussten nun zur Täuschung der Wärter in ihren Zellen ebendiesen, einem schlafenden Mann gleichen-

den Kalle zurücklassen, damit ihre Flucht nicht bemerkt würde.
Eines Nachmittags sagte Sorjonen zu Lauri, dass er, falls es in der kommenden Nacht nicht regnete oder stürmte, die Fensterluken draußen vor ihren Zellen öffnen und ein paar Mal mit der Faust an die Holzlade klopfen würde zum Zeichen, dass der Weg in die Freiheit geebnet sei.
»Zieht euch vorher warme Sachen an und legt den Kalle in euer Bett«, riet der Doktor.
Er erläuterte noch, dass sich die Luken fast zwei Meter über der Erde befänden. Wenn die Flüchtlinge also draußen im Dunkeln hinunterspringen würden, sollten sie aufpassen, dass sie sich nicht die Gräten brachen. Sie sollten sich hinunterfallen lassen wie Katzen oder so, wie es Fallschirmspringer taten, elastisch in den Knien federnd, dadurch kämen sie auch im Stockdunkeln sicher auf dem Boden an. Die Taschenlampen sollten sie zunächst einmal nicht benutzen, damit kein Stadtbewohner argwöhnisch würde. Erst wenn sie den Stadtrand erreicht hätten, dürften sie die Lampen anknipsen und in ihrem Licht nach dem Pfad suchen, der nach Südwesten führte. Diesem Pfad sollten sie folgen und dabei sorgfältig die Karte studieren, sie sollten sich zügig von der Stadt weg und nach unten ins Tal bewegen, dort könnten sie die erste Ruhepause einlegen. Falls sie Hundegebell und die Rufe von Soldaten hören würden, sollten sie sich schleunigst weiter von der Stadt entfernen, im Bedarfsfall in ein bewaldetes Tal laufen und sich dort verstecken, indem sie auf hohe Bäume kletterten. In eine Höhle zu kriechen wäre nicht ratsam, denn die tibetischen Fährtenhunde würden sie dort garantiert rasch auf-

spüren, und die chinesischen Soldaten würden den Rest besorgen. Die Köter hatten jedoch insofern schlichte Gemüter, als sie, wenn sie die Spur unter einem Baum verloren hatten, bei der weiteren Suche verzweifelt im Kreis liefen, der immer größer wurde, bis sie schließlich das Interesse verloren. Wenn die Soldaten dann eintrafen, war die Beute bereits im Dunkel des Tales entkommen. Oben im Baumwipfel müssten sich die Flüchtlinge natürlich mucksmäuschenstill verhalten und nicht etwa Tannenzapfen nach den Hunden werfen, mahnte Sorjonen zum Schluss.

In der folgenden Nacht wurden die Fensterluken von außen geöffnet, und mehrmaliges Pochen war zu hören. Doktor Sorjonen war draußen am Werk und leitete die erste Phase des Fluchtplans ein. Lauri und Kalle hatten die Figuren in ihren Betten geformt. Sie hatten sich außerdem warme Kleidung angezogen und stopften in die Taschen ihrer Anoraks alles, was sie besaßen: die Taschenlampen und Landkarten, ein paar Brotkanten, die sie sich von den Mahlzeiten abgespart hatten, ihre Pässe und Brieftaschen sowie persönliche Kleingegenstände wie Kämme und Zahnbürsten. Dann schoben sie sich mit den Füßen voran in die Fensternischen, die durch die dicke Mauer führten. Mächtig eng war es, und nur mit Mühe gelang es ihnen, bis nach vorn zur Luke zu kriechen, wo sie nach langer Zeit erstmals wieder frische Luft atmen konnten. Sie hielten sich zunächst an den Fensterläden fest und ließen sich dann nach unten fallen, wobei sie versuchten, den Aufprall zu mildern, indem sie wie Fallschirmspringer in den Knien abfederten. Die Landung klappte gut, und sie bemerkten, dass es eine mondhelle, klare Nacht war. Es war wind-

still, und bald hatten sich ihre Augen an das Mondlicht gewöhnt.
Äußerst leise bewegten sich Lauri und Kalle in die Richtung, die Sorjonen ihnen empfohlen hatte. Sie blieben im Schutz der Hauswände und schlichen auf diese Weise durch die schmalen, mit Kopfsteinen gepflasterten Straßen zum Stadtrand. Vom Zentrum her war das traurige Bellen eines einsamen Hundes zu hören, aber es klang nicht bedrohlich, das Tier kläffte einfach zum Zeitvertreib vor sich hin. Am Rand von Lhasa wagten es die Flüchtlinge, für einen Moment ihre Taschenlampen anzuknipsen, um nach dem Gebirgspfad zu suchen, der ins Tal führte. Bald hatten sie ihn gefunden und konnten ihre Flucht fortsetzen.
Der Mond beschien die an steilen Hängen klebenden uralten Steinhäuser der Hauptstadt. Im Hintergrund legte sich kaltes weißes Licht auf die Gipfel der schneebedeckten Berge, das Ganze wirkte wie ein romantisches Gemälde. Kalle flüsterte, dass er noch nie im Leben eine so magisch schöne Landschaft gesehen habe. Auch Lauri fand diesen Anblick bei Weitem schöner als den der muffigen Zelle.
Es war jedoch nicht die Zeit, die tibetische Gebirgslandschaft zu bewundern, sie mussten ihren Weg fortsetzen. Der Pfad war nur einen oder zwei Meter breit. An den abschüssigsten Stellen waren in seinen felsigen Untergrund Stufen gehauen worden. Die beiden Männer kamen nur langsam voran, aber sie hatten keine Eile, denn ihre Flucht war zumindest bisher nicht bemerkt worden und sie hatten keine Verfolger auf den Fersen. Mit einigem Glück, so vermuteten sie, könnten sie in den frühen Morgen-

stunden den von Sorjonen eingerichteten Stützpunkt erreichen. Dort warteten bessere Kleidung, Bergschuhe, ein Seil, Proviant und andere im Gebirge benötigte Gegenstände.

An einem steilen Hang rief Lauri plötzlich:

»Ist die Gebetsmühle etwa noch in der Zelle?«

Kalle lachte beruhigend:

»Nein, natürlich nicht, ich habe sie mitgenommen, auf so einer gefährlichen Flucht kommen wir schließlich nicht ohne sie aus.«

Lauri wunderte sich, wie es Kalle gelungen war, den Kasten von der Größe einer alten Kaffeemühle aus dem Kloster herauszuschmuggeln, passte der doch weder in die Seiten- noch in die Brusttasche des Anoraks und schon gar nicht unter den Hosenbund.

Kalle sagte, dass er die Zähne in den Riemen des Futterals geschlagen und das Ding so mit sich gezerrt habe.

»Ich überlasse schließlich nicht unseren einzigen geistlichen Beistand den Chinesen.«

»Wir haben ja das Weltall, das wir um Beistand bitten können«, meinte Lauri.

»Stimmt, Schutz von oben genießen wir«, bestätigte Kalle.

Im Schein des Vollmondes und zweier starker Taschenlampen trabten die beiden über den Bergpfad und entfernten sich immer weiter von Lhasa. Hin und wieder hörten sie Geplätscher und überquerten kleine Gebirgsbäche, sie tranken klares, kaltes Wasser und marschierten weiter. Gelegentlich zogen sie Karte und Kompass zurate und überprüften die Richtung. Da sie sich im Hochgebirge befanden, schlug die Nadel oft kräftig aus – die magnetischen

Kräfte der hohen Berge störten den Zeiger. Trotzdem konnten sie gut die Richtung halten, denn der Pfad führte konsequent nach Südwesten, umging lediglich die höchsten Berggipfel.
Gegen Morgen ging der Mond langsam unter und verschwand schließlich hinter den Bergen. In den Tälern breitete sich Dunkelheit aus, und die Wanderer machten eine Ruhepause. Sie wurden langsam müde, und das war kein Wunder, denn sie waren bereits vier, fünf Stunden unterwegs. Bald würden sie Sorjonens Stützpunkt erreichen. Sie verglichen den Verlauf des Pfades mit der Karte und den darin verzeichneten Markierungen. Alles schien zu stimmen. Bei Sonnenaufgang erreichten sie das Vorratslager, das sich genau an der Stelle befand, die in der Karte verzeichnet war: neben dem Pfad unter einer kleinen Brücke.
Doktor Sorjonen hatte, vermutlich mithilfe eines Trägers, zwei vollgepackte Wanderrucksäcke ins Gebirge geschleppt. Die Flüchtlinge holten sie aus dem Versteck, stellten sie auf die Brücke und öffneten sie. Der Inhalt war überwältigend! Die Rucksäcke enthielten warme Pullover für beide, dazu derbe Wanderschuhe, zwei Bündel starkes Seil, leichte Hacken, eine kleine Axt, zwei Messer mit langer Klinge, zwei Paar Lederfäustlinge und mehrere Stoffbeutel für Kleinbedarf. Als Proviant hatte Sorjonen zwei Kilo gekochten Reis besorgt, dazu Gemüse und zwanzig Notrationen der internationalen Hilfsorganisation, wie sie wahrscheinlich an hungernde Menschen in Krisengebieten verteilt wurden. Außerdem waren da noch stattliche Stücke Ziegenkäse und gepökeltes Yakfleisch, einige Tafeln Schokolade und als Krönung eine

große Flasche mit chinesischem Reisschnaps. Die Flüchtlinge schraubten die Flasche auf und nahmen jeder einen tüchtigen Schluck. Und Lauri sagte mit vor Dankbarkeit zitternder Stimme:

»Das gnädige Weltall sei mit Doktor Sorjonen!«

19

Am nächsten Tag tauchte der chinesische Militärhubschrauber über dem Pfad der Flüchtlinge auf. Wahrscheinlich hatte man versucht, die kalten Kalles zum Frühstück zu wecken, und dabei die Flucht entdeckt. Nun war die Suche angelaufen, aber Lauri und Kalle hatten sich schon zu weit von Lhasa entfernt. Sie versteckten sich im Gebüsch, sodass der Späher im Helikopter sie nicht sah, und als die Maschine davongeknattert war, setzten sie ihren Weg fort. Der Pfad war jetzt breiter, der Untergrund war hart, sodass es sich gut laufen ließ. Ruhepausen machten die Flüchtlinge nur alle zwei Stunden, denn jetzt drängte die Zeit. Die Chinesen würden es ihren Gefangenen kaum erlauben, das Land zu verlassen.

Am Nachmittag verzehrten Lauri und Kalle eine der für unterernährte Bewohner von Entwicklungsländern zusammengestellten Essensrationen. Nicht übel. Die Plastikschale mit knapp einem Liter Inhalt enthielt gekochtes Gemüse und graue Soße, in der undefinierbare Fleischstückchen schwammen. Die Notration war jedenfalls schmackhafter und vor allem nahrhafter als das Häftlingsessen im Klostergefängnis. Zum Abschluss der Mahlzeit genehmigten sie sich einen Schluck Reisschnaps.

Der Pfad führte die Flüchtlinge auf die Hochebene, und

obwohl in den Tälern Hitze herrschte, lag hier oben ewiger Schnee. Die Luft war leicht und klar und die Stimmung der Männer großartig. Einzig der Helikopter machte ihnen Sorgen, denn der würde sie hier schon von Weitem entdecken können. Deshalb blieben sie von Zeit zu Zeit stehen, um zu lauschen. Wenn sie kein Helikoptergeräusch hörten, gingen sie weiter; hörten sie aber auch nur entferntes Knattern, suchten sie sofort nach Sträuchern, die dicht genug waren, um sich darunter zu verstecken. Um ganz sicherzugehen, entledigten sie sich der Rucksäcke und bedeckten sie mit Schnee, und sie selbst wälzten sich auch im Schnee, sodass sie nicht so leicht als Menschen zu erkennen waren.

Am dritten Tag hörten sie keine Helikoptergeräusche mehr, stattdessen flößten ihnen die Abdrücke eines furchterregend großen Tieres am schneebedeckten Berghang Angst ein. Die Vorderpfoten des Ungeheuers waren zweimal größer als die eines Mannes mit extrem großen Füßen, und die Hinterpfoten waren fast einen halben Meter lang und nur um Weniges schmaler. Die langen Krallen zeichneten sich deutlich im Schnee ab, ebenso die Abdrücke der Ballen. Was für ein Wesen war da unterwegs gewesen? Es konnte sich nur um einen riesigen Eisbären handeln, ein Raubtier von vielleicht tausend Kilo Gewicht. Kalle glaubte nicht recht daran, dass in Tibet Eisbären herumliefen. Wie sollten sie im Gebirge zurechtkommen, wo es außer ein paar kleinen Bergseen kein offenes Meer und keine Robben, geschweige denn Walrosse gab? Doch auch er musste zugeben, dass der seltsame Wanderer auf jeden Fall riesengroß war. Allerdings waren die Abdrücke der Tatzen sehr flach. Das Tier war knapp zwei Zentimeter in den Schnee eingesunken. Sollte es wirklich tausend Kilo wiegen, hätte es mindestens ein halber Meter sein müssen.

»Schade, dass die Chinesen die Kamera beschlagnahmt haben«, bedauerte Kalle. Diese Spuren hätte er verewigen müssen.

Der »Schneemensch« war Mitte des vergangenen Jahrhunderts die berühmteste Gestalt aus Tibet gewesen. Damals hatte man im Schnee des Himalaja ähnliche, von einem riesigen Wesen hinterlassene Spuren gefunden. Reporter hatten sie fotografiert, und herbeigeeilte Zoologen hatten sie ausgemessen. Die ganze Welt hatte die Geschichte mit Spannung verfolgt. Man hatte das Raubtier für den Vertreter einer besonderen, nur im Himalaja vorkommenden Gattung gehalten, die dank des abgeschiedenen Lebensraumes von der Jagdleidenschaft der Menschen verschont geblieben war. Viele Tausend neugieriger Abenteurer waren nach Tibet gereist, um den faszinierenden und furchterregenden Schneemenschen aufzuspüren, aber niemand hatte ihn zu Gesicht bekommen. Stattdessen waren weitere Spuren gefunden worden, und entsprechende Nachrichten aus dem abgeschiedenen Land waren Jahr für Jahr um die Welt gegangen. Der Yeti war zum weltweit berühmtesten Wesen jener Zeit geworden. Er war beliebter und gefürchteter gewesen als die Staatschefs der USA und der Sowjetunion zusammen. Hier waren Lauri und Kalle auf ihrer Flucht also auf die Spur eines womöglich noch größeren Schneemenschen oder Riesenraubtieres gestoßen.

Die Situation schien äußerst gefährlich. Oben in den Wolken über dem höchsten Gebirge der Welt lauerte der chinesische Militärhubschrauber, und hier unten auf dem schneebedeckten Berg verlief die Spur eines womöglich blutrünstigen Schneemenschen. Mit ernster Miene konstatierte Lauri, dass sie nun darauf gefasst sein mussten, entweder mit dem Maschinengewehr erschossen zu werden, oder sie würden von einem wütenden und hungrigen Schneemenschen in Stücke gerissen, sowie er ihre Witterung aufgenommen hätte.

Kalle zog den langen Dolch aus dem Rucksack und erklärte, dass er sich von keinem wild gewordenen Tier zerreißen ließe. Im Gegenteil, das Tier würde zu tun haben, dem Dolch eines finnischen Mannes zu entkommen. Lauri folgte seinem Beispiel, und so setzten die Gefährten ihren Weg fort, die langen Dolche in ihren Händen blinkten im Sonnenlicht.

Mit geschärften Sinnen wanderten die Flüchtlinge über den schneebedeckten Berg. Die riesigen Raubtierspuren neben dem Pfad hätten vorzügliche Fotos zur Illustration des Eisenbahnbuches ergeben. Kalle beklagte, dass er seine kleine Kamera nicht mehr bei sich hatte. Sie würden die Herausgabe eines gesonderten Naturbildbandes ins Auge fassen müssen … Wäre als Arbeitstitel *Die Spuren des Schneemenschen auf dem Dach der Welt* denkbar? Lauri fand, dass sie im Moment lieber darauf verzichten sollten, literarische Projekte zu planen, viel wichtiger wäre es, dass die Bestie sie nicht überraschen und in Stücke reißen würde.

Am Nachmittag, viele Berge und Täler später und im Licht der untergehenden Sonne entdeckten sie schließlich das Raubtier. Es trottete neben dem Pfad im Schnee. Seine Fortbewegung wirkte plump, und wie es schien, hatte das

Tier zwei bewaffneten Männern nicht viel entgegenzusetzen. Außerdem war es gar nicht so groß, wie die Spuren befürchten ließen, es hatte lediglich die Körpermaße eines grobschlächtigen Mannes. Die beiden Freunde schlichen näher heran, und aus etwa hundert Schritt Entfernung sahen sie deutlich, dass es sich nicht um den berühmten Schneemenschen, sondern um einen schwerfälligen Riesenpanda handelte. Aus seinen Nüstern stieg Dampf in den frostigen Abend auf. Groß war das Tier auf alle Fälle und sicherlich außerordentlich selten. Nur in dieser schroffen Gebirgslandschaft hatte man die Chance, diesem Wunder der Schöpfung und Vertreter einer aussterbenden Gattung zu begegnen.

»Vielleicht sollten wir für alle Fälle beten«, meinte Kalle.

»Allmächtiges Weltall, gib, dass der Panda uns nicht frisst«, begann Lauri, aber dann fiel ihm ein, dass Pandas keine Fleischfresser waren, sondern Bambussprossen und anderes frisches Gemüse bevorzugten. Kalle war sich nicht sicher hinsichtlich des Speiseplanes eines Pandas, und so stimmte er in das Gebet ein:

»Gnädiges All, lass dieses Raubtier seiner Wege gehen.«

Diesmal erhörte das Weltall Lauris und Kalles inbrünstiges Gebet nicht. Statt sich zu trollen, erhob sich der Riesenpanda auf die Hinterbeine, wandte sich den in seinem Blickfeld aufgetauchten Fremden zu und winkte wie zur Begrüßung mit beiden Vordertatzen. Dann setzte er sich wie ein Mensch auf zwei Beinen in Bewegung und kam mit dampfenden Nüstern direkt auf Lauri und Kalle zu.

20

Beim Näherkommen entpuppte sich das riesige Raubtier als Mensch, genauer gesagt als Mann, der in einen dichten, aus Pandafell genähten Pelz gehüllt war. Freundlich lächelnd streckte er zur Begrüßung die Hand aus. Ein wenig verwirrt verstauten Lauri und Kalle ihre Dolche in den Rucksäcken und schüttelten dem seltsamen Wesen die Hand. Viele Fragen schossen ihnen durch den Kopf, doch zunächst war es schwierig, eine gemeinsame Sprache zu finden. Der »Schneemensch« konnte, anders als manche Chinesen, kein Finnisch, und er sah eigentlich auch nicht wie ein Chinese aus. Er war breitschulterig und sogar größer als Lauri. Schließlich sagte er ein paar Worte auf Englisch, sodass man ins Gespräch kam.

Der Mann erzählte, dass er ursprünglich Kirgise sei. In jungen Jahren hatte es ihn nach China und später hierher nach Tibet verschlagen. Wie er verriet, war er ein von der chinesischen Tourismusbehörde bezahlter Schauspieler, der die Aufgabe hatte, in der Gestalt des Schneemenschen neugierige Wanderer zu erschrecken und vor allem reiche westliche Touristen ins Gebirge zu locken. Ein Schneemensch war er also tatsächlich, ein gedungenes Raubtier, das durch die Gegend streifte und seine Spuren im Schnee hinterließ in der Hoffnung, dass sie bei vorbeikommenden Wanderern Angst und Schrecken hervorriefen. Aus dem Verhalten der Finnen und aus ihren Dolchen zu schließen, war es ihm wieder einmal gelungen. Lauri und Kalle bestätigten ihm, dass sie tatsächlich entsetzt gewesen waren, als das angebliche Raubtier sie entdeckt hatte und auf sie zugekommen war. Zum Glück war alles wieder gut, sie brauchten die Waffen nicht mehr.

Der Schneemensch hieß Tsu Haingo, unter Freunden nur Tsu. Er wollte wissen, ob die Raubtierspuren echt gewirkt hatten.

Lauri und Kalle priesen die Spuren als furchterregend. Tsu zeigte ihnen seine Fußbekleidung. Er trug gewöhnliche warme Stiefel und zusätzlich unechte Tatzen von einem halben Meter Länge, die mit Riemen an den Sohlen befestigt werden konnten, ähnlich wie Skier. Die Funktion der Vordertatzen übernahmen entsprechend große Fellpranken, die Tsu an seinen Fäustlingen befestigte. Wenn er den Yeti spielte, bewegte er sich auf allen vieren, wie ein Raubtier. Tsu klagte darüber, dass der Job körperlich schwer war, denn auf allen vieren zu kriechen zehrte an den Kräften. Besonders auf steilen Anstiegen strömte sein Schweiß nur so, und manchmal hatte er Lust, die Tatzen in eine Schlucht zu schleudern, aber dann wäre Schluss mit dem Lohn am Monatsende, den ihm das Amt für Tourismus zahlte. Ein armer Mann muss sich nun mal nach der Decke strecken. Die Chinesen kontrollierten die Spuren des Schneemenschen im Rahmen der üblichen Gebirgsüberwachung. Auch das Geräusch vorhin hatte von einem Hubschrauber gestammt, der einen Kontrollflug absolvierte.

Lauri und Kalle seufzten vor Erleichterung. Ihre Flucht aus den Klosterzellen war also geglückt, man verfolgte sie nicht länger. Der Hubschrauber war aus anderen Gründen in der Luft, nicht, um die Flüchtigen zu jagen.

Tsu erklärte, dass er gerade auf dem Weg in sein Camp war, das sich wenige Kilometer entfernt in einem geschützten Tal befand. Sollte man nicht gemeinsam hingehen? Hier an dem windigen Hang war es zu kalt, um zu plaudern und Bekanntschaft zu schließen.

Lauri und Kalle dankten für die Einladung. Der Schneemensch ging voran, ohne seine künstlichen Raubtiertatzen, und er bat, dass Lauri und Kalle ihm folgten, indem sie in seine Fußspuren traten. Tsu wollte keine Spuren seines privaten Schuhwerkes im Schnee hinterlassen. Seine Aufgabe war es, sich dort mit Raubtiertatzen und nicht in seinen Zivilstiefeln zu bewegen.

»Die Aufgaben eines Schneemenschen sind genau definiert«, sagte er.

Zu seinem Lager zweigte ein noch schmalerer Pfad ab, den sie vorsichtig betraten. Tsu holte unter einem Strauch einen kleinen Besen hervor, mit dem er Schnee über ihre Fußspuren fegte, erst dann gestattete er das Weitergehen. Es war eine Vorsichtsmaßnahme, damit sich keine neugierigen Touristen ins Lager verirrten, um das Privatleben des Schneemenschen zu bestaunen. Wenn in der Weltpresse und den anderen Medien darüber berichtet würde und der Schwindel der Chinesen aufflöge, würde das für ihn den Rausschmiss und womöglich die Ausweisung bedeuten. Obwohl Kirgisien sein Heimatland war, wollte er nicht wieder dorthin zurückkehren. Es war zu viel Zeit vergangen, seine Verbindungen nach Hause und zur Familie waren abgerissen. Tsu war bereits ein betagter Mann, würde bald sechzig. Er rühmte sich damit, der älteste Riesen-

panda der Welt zu sein, die anderen Vertreter dieser Gattung starben bereits mit zwanzig Jahren an Altersschwäche.
Tsu lebte in einem schönen Tal, in dem Bäume und dichte Sträucher wuchsen. Sein Lager war unter Bäumen versteckt, sodass keine Gefahr bestand, dass es entdeckt würde. Er hatte eine grüne Schutzdecke aufgespannt, die die Größe von zwei Laken hatte und als Regendach wie auch zur Tarnung diente. Unter dem Dach gab es einen aus Natursteinen gemauerten Erdofen, dessen blechernes Abzugsrohr durch ein Loch im Schutzdach nach draußen führte. Tsu zufolge brannte hier unten im Tal der Ofen nicht gut ohne Rohr. Der Luftdruck war niedrig, und auf natürliche Weise entstand so gut wie kein Zug. Der Ofen war mit einer gusseisernen Klappe versehen, und dahinter befand sich eine Mulde, in der man Essen kochen und Brot backen konnte. Oben auf dem Ofen gab es einen Rost, wo sich ohne Mühe Fleisch und Gemüse grillen ließen. Letzteres gab es hier im Hochland allerdings selten. Sämtliche Esswaren musste Tsu im Rucksack von einem Depot vor Lhasas Toren heranschleppen, wohin Träger des Tourismusbüros alle zwei Wochen Proviant und Post brachten. Aus seiner Heimat hatte Tsu zuletzt vor zwei Jahren einen Brief bekommen. Seine frühere Frau hatte ihm fröhlich mitgeteilt, dass sie erneut geheiratet habe und dass ihr neuer Mann viel besser sei.
Tsu war also derzeit Junggeselle. Deshalb war sein Lager männlich karg. Auch er hätte sicherlich erneut heiraten können, aber hierher ins Gebirge mochte er keine Frau locken. In Lhasa wiederum würde er als Kirgise keine anständige Arbeit finden, und Mönch wollte er nicht werden,

auch wenn sein derzeitiges Leben als Riesenpanda durchaus ans Mönchsdasein erinnerte.

Tsus Lager war so gestaltet, dass sich auf der einen Seite des Ofens der Schlafbereich befand, darin standen zwei geräumige Sperrholzkisten, eine als Aufbewahrungsort für die Kleidung, die andere enthielt die Bettwäsche sowie das Rasierzeug und andere persönliche Hygieneartikel. Als Schlafstatt diente ein Bett mit einem geflochtenen Rost, darauf lagen eine Schaumgummimatratze, zwei große Kissen, das Laken und eine dicke Decke. Somit eine Schlafgelegenheit fast mit Hotelzimmerniveau.

Kalle erinnerte sich, dass er als Knabe im Pfadfinderlager bei Weitem nicht so herrschaftlich geschlafen hatte. Auf eine Unterlage aus Tannenzweigen wurde eine versiffte Decke geworfen, das war alles.

Dem Schlafbereich gegenüber, auf der anderen Seite des Ofens, befanden sich Küche und Vorratslager. Die Esswaren hatte Tsu in eine stabile Truhe gepackt, deren Deckel mit einem großen Vorhängeschloss versehen war. Er erzählte, dass außer ihm auch noch andere Raubtiere im Gebirge unterwegs waren. Manchmal wagten sich hungrige Bären ins Lager, die sich sicherlich gern über sein Brot, sein Mehl, das getrocknete Fleisch und den Fisch hergemacht hätten, aber der stabilen Eichentruhe konnten auch ihre Krallen nichts anhaben. Oft versuchten sie die Truhe zu öffnen, sie drehten und wendeten sie, aber stets hielten die dicken Bretter stand, und die Petze mussten sich mit leerem Magen trollen.

In einer zweiten Kiste bewahrte Tsu sein Geschirr auf. Er hatte verschiedene Trinkgläser sowie Teller und Besteck jeweils für sechs Personen, nicht weil er in seinem Lager große Essen geben wollte, aber Geschirr musste trotzdem mehrfach vorhanden sein, damit er in puncto Abwasch Reserven hatte. Die Kiste enthielt außerdem gusseiserne Kessel, eine Bratpfanne und Töpfe in verschiedenen Größen. Plastiksäcke, ein Tischtuch sowie Taschentücher wurden dort ebenfalls aufbewahrt. Auf einem Regal stand Tsus Lagerbibliothek. Wie er erzählte, handelte es sich um Werke über die Geschichte seines Heimatlandes, um chinesischsprachige Romane sowie mehrere Bildbände von Tibet und dem Himalaja. Kalle griff sich ein schönes Buch mit rotem Einband heraus, Maos *Kleines rotes Buch*. Darin blättern konnte man allerdings nicht, denn es enthielt keine einzige gedruckte Seite. Anstelle des Inhalts fand sich ein sauber bearbeitetes Holzstück von entsprechenden Abmessungen.

Tsu erklärte, dass es unter den Bedingungen im Gebirge nicht lohnte, ein so wichtiges Werk in gebundener Form aufzubewahren, ein Holzstück erfüllte denselben Zweck. »Maos Gedanken sind so unsterblich, dass sie auch in hartem Holz überdauern«, behauptete der Riesenpanda.

21

Tsu legte das Pandafell ab. Darunter kam ganz gewöhnliche Trekkingkleidung zum Vorschein, Khakihosen und eine Windjacke. Das Fell hängte er an einen Strauch. Dann machte er Feuer im Ofen und begann damit, ein Lagermittag zuzubereiten. Lauri und Kalle holten ein paar Dosen mit Yak- und Kaninchenfleisch aus ihren Rucksäcken. Nach einer halben Stunde hatte der Ofen die nötige Hitze, sodass Fleisch zum Garen hineingeschoben werden konnte.

Bald zogen leckere Essensdüfte durchs Lager. Tsu pries das Gericht als seine Spezialität, er nannte es »Stolz des Gebirges«. Zur Geschmacksverstärkung fügte er selbst gesammelte und getrocknete Kräuter hinzu, deren Aroma mindestens so kräftig wäre wie an den besten chinesischen Festtafeln, versicherte er.

Nach der Mahlzeit wusch Kalle das Geschirr im nahen Bach ab. Lauri wiederum holte die Flasche mit dem chinesischen Reisschnaps hervor, die noch gut halb voll war, und schenkte ein. Man stieß auf die neue Freundschaft und die guten Beziehungen zwischen Kirgisien und Finnland an. Der fast hundertprozentige Schnaps stieg den Männern zu Kopf wie ein Dampfschwall in der finnischen Sauna. Auch die Wirkung war die gleiche, das glückliche, fast selige Gefühl, dass man sich zufällig in diesem fremden Erdenwinkel begegnet war und dass jeder irgendwie ähnlich über das Leben im Allgemeinen und die Welt im Besonderen dachte.

Lauri wollte die Stimmung noch steigern, also stellte er die Gebetsmühle auf die Kleiderkiste und schaltete sie ein. Und, oh Wunder, die Akkus funktionierten nach wie vor ausgezeichnet. Kalle hatte sie offenbar während der Bahnfahrt aufgeladen.

Gebete waren allerdings keine zu hören, jemand hatte die frommen Andachten durch Aufnahmen mit seltsamem Gestöhne und weiblichem Gekicher ersetzt. Auch laute Musik ertönte, irgendein schrilles Stück auf einem Tasteninstrument. Dann wurde die Musik unterbrochen durch Kalles lüsternes Lachen, in das mehrere Frauen mit sündigem Gekicher und Gegurre einstimmten. Bald waren immer lauteres Stöhnen und Kalles erregtes Geflüster zu hören, er stammelte den Namen seiner Frau – so kam es Lauri jedenfalls vor. Diese Art von Programm bot die frivole Gebetsmühle fast eine halbe Stunde lang, bis Kalle mit roten Ohren die immer schlüpfriger werdende Aufnahme ausschaltete.

Lauri starrte ihn vorwurfsvoll an und fragte, was das zu bedeuten habe. Hatte Kalle diese Schweinereien absichtlich aufgezeichnet? Und was hatten sie da gerade überhaupt gehört?

Tsu wusste sofort zu berichten, dass der komische Kasten soeben ein ausgezeichnetes Beispiel für das Treiben in einem chinesisch-tibetischen Freudenhaus geliefert hatte. Er gestand ein wenig schamhaft, dass ihn, wenn er Lhasa besuchte, sein Verlangen nach einer Frau häufig in jene Einrichtungen führte, wo man zu einem guten Preis-Leistungs-Verhältnis zuvorkommend und freundlich bedient wurde. Er rühmte sich damit, manchmal seine Bordelltour über mehrere Tage auszudehnen, so lange, bis sein Geld verbraucht war. Von Kalle wollte er wissen, wie das Preisniveau sich zurzeit darstellte.

Kalle bekannte verlegen, dass er in Lhasa Huren besucht hatte, weil er sich so sehr nach seiner Frau sehnte. Er hatte sich eingebildet, dass die Zärtlichkeit eines Freudenmädchens dieses Gefühl lindern könnte, und so hatte er eine einschlägige Einrichtung besucht – sogar mehrere –, während Lauri die Stadt besichtigt und sich Notizen für das Reisetagebuch gemacht hatte. Natürlich hatte er die Gebetsmühle mitgenommen. Um das frivole Treiben zu mildern, hatte er den Hindu-Gottesdienst eingeschaltet, aber die Huren hatten sich darüber nur amüsiert und den Apparat an sich genommen. Da hatte die Gebetsmühle wohl von allein den ganzen Vorgang aufgezeichnet. Kalle entschuldigte sich vielmals bei Lauri und beschwor ihn, seinen Sündenfall nicht zu verraten.

»Meiner Frau sagst du kein Wort über meinen Ausrutscher. Das ist ganz und gar meine Privatsache und geht niemanden etwas an.«

Lauri wusste sehr wohl, dass ein schwacher Charakter bisweilen Verlockungen erlag, aber es war eine Entweihung, die Abenteuer im Bordell mit einem Hindu-Gottesdienst zu verbinden. Kalle sollte sich schämen.

»Ich schäme mich zutiefst«, gestand Kalle mit unglücklicher Miene. Dann jedoch hellte sich sein Blick auf, er holte eine kleine verzierte Flasche mit einer grünen Flüssigkeit aus seinem Rucksack und goss den beiden Gefährten ein Gläschen ein.

»Wie wär's, wenn wir auf unsere Versöhnung anstoßen?«
Er hatte den grünen Likör im Freudenhaus gekauft, gewissermaßen als Souvenir. Der Reisschnaps und der Likör wärmten die Seelen des Trios in einem Maße, dass keine weitere Kritik an Kalle laut wurde. Tsu wurde geradezu euphorisch. Er hörte sich Kalles Aufzeichnung ein zweites Mal an und verkündete schließlich, dass er die beiden Finnen nach Indien bringen und sich auch gleich selbst in jene wärmeren Gefilde absetzen würde. Er hatte genug davon, als Riesenpanda herumzutappen. Er würde das Pandafell verkaufen, der Erlös würde bestimmt für ein Jahr oder sogar zwei zum Leben reichen.
Vor sechs Jahren hatte ihm der Job als Schneemensch im Himalaja sehr zugesagt. Er hatte mitwirken wollen an der Entwicklung einer asiatischen Identität in der wilden Gebirgswelt, hatte zusammen mit den Chinesen die angeberischen Westeuropäer ein wenig beschwindeln wollen. Ursprünglich war er also von seiner Sache überzeugt und reinen Gewissens gewesen, aber bereits nach einem halben Jahr war ihm sein Dasein als Bestie arg verhagelt worden. Man hatte seinen Monatslohn gekürzt, und auch die ursprünglichen Absprachen hinsichtlich des Proviants waren nicht eingehalten worden. Tsu hatte festgestellt, dass die Träger die besten Stücke stahlen, vor allem das frische Fleisch und den Fisch, und sie durch welke Wurzeln und zufällig gefundene Kaninchenkadaver ersetzten. Seine Beschwerden hatten nicht geholfen. Im Gegenteil, das Tourismusamt von Lhasa hatte ihm mitgeteilt, dass er, wenn ihm das Raubtierleben nicht gefiel, seine Sachen packen, die Skier unterschnallen und nach Kirgisien verschwinden

sollte. Wenn er also sein Gehalt kassieren wollte, musste er gehorchen.

Tsu leerte sein Glas und erzählte:

»Stellt euch vor, ich muss ein Raubtier von tausend Kilo Gewicht spielen und kriege dasselbe Monatsgehalt wie jeder hergelaufene Hafenkuli, der sich mit Mühe dazu aufraffen kann, einmal am Tag zwei, drei Baumwollballen aufs Schiff oder vom Schiff herunterzuschleppen.«

Urlaub hatte er natürlich schon seit Jahren nicht bekommen. Sein Heimatland konnte er nicht besuchen, nicht mal Korea, geschweige denn Indien. An ein Familienleben war nicht zu denken. Wenn er sich mal in ein Hirtenmädchen oder auch nur in ein Freudenmädchen verliebte, war an Heiratspläne gar nicht zu denken. Kinder könnte er natürlich zeugen, aber wer sollte sie ernähren? In Asien herrschte auch ohne sein Dazutun genug Hunger, da bedurfte es nicht noch der Zeugungskraft eines Riesenpandas.

Verbittert erklärte Tsu, dass jetzt Schluss sei mit dem Raubtierleben. Gleich am nächsten Morgen werde er sein Lager auflösen, alle überflüssigen Gegenstände verbrennen und sich mit seinen finnischen Freunden nach Indien aufmachen. Als Lohn für seine Rolle als Gebirgsführer wolle er lediglich die Konstruktionszeichnungen der frivolen Gebetsmühle. Die Mühle, so fand er, ersetzte ziemlich gut eine Partnerin, wäre sogar in vieler Hinsicht eine bessere Lösung, als eine Frau zur Ehe zu überreden.

»Die Mühle streitet nicht und ist nicht eifersüchtig, und sie fängt ganz sicher nicht damit an, kleine sprechende Kästen zu gebären, die besondere Fürsorge und als Kraftquelle teure Miniakkus benötigten.«

Reisschnaps und Likör gingen allmählich zur Neige. Tsu machte für Lauri und Kalle bequeme Schlafplätze direkt am Ofen zurecht, wo sie es schön warm hätten, selbst für den Fall, dass vom Boden des Tals kalter Nebel aufsteigen würde. Auch Regen würde ihnen so nichts anhaben können, denn das Schutzdach war groß genug für drei Schläfer und sämtliche Gegenstände und Vorräte im Camp.

Zum Abendessen verzehrten sie die Reste des Fleischtopfes vom Mittag, danach spülten sie sich das Gesicht im nahen Bach und legten sich schlafen. Alle waren so erschöpft von den Ereignissen des Tages, dass sie den Schlaf nicht extra locken mussten. Früh am nächsten Morgen erwachten die beiden Finnen, als Tsu aus dem Gebüsch Kleinholz heranschleppte und Feuer im Ofen machte.

Nach der Morgenwäsche halfen Lauri und Kalle ihrem Gastgeber dabei, Frühstück zu machen. Sie bestrichen einen tüchtigen Haufen Knäckebrot mit Yakfett und machten auf dem Ofen Pemmikan. Auf diese Weise reichten ihnen zum Frühstück zwei Dosen Kaninchenfleisch. Das Yakfleisch wollten sie für den Weg nach Indien aufsparen. Tsu schätzte, dass der Marsch anstrengend würde, denn das Gelände war gnadenlos bergig. Sie würden von Glück reden können, wenn sie weniger als eine Woche bräuchten.

»Es kann durchaus auch passieren, dass wir von einer Lawine begraben werden oder in eine tausend Meter tiefe Schlucht stürzen.«

Kalle und Lauri bezweifelten, dass es im Himalaja so tiefe Schluchten überhaupt gab.

»Schluchten von zweitausend Metern Tiefe sind das Übliche«, erklärte Tsu, während er seinen Gefährten den Morgentee eingoss. Dann erwähnte er noch, dass im Allgemeinen auf dem Grund der Schluchten hungrige Tiger oder Pumas warteten, und wenn die nicht da waren, gab es immer noch genügend schwarze Killerbären.

22

Am Tag des Aufbruchs war es sonnig und sanft windig. Tsu schätzte, dass sie, wenn das Wetter in der kommenden Woche so schön bliebe, in vier oder fünf Tagen Indien erreicht hätten. Sie bauten das Lager ab, schwangen sich die Rucksäcke auf den Rücken und machten sich auf den Weg. Tsu kannte die Gegend gut und benötigte Lauris und Kalles Karten nicht, und schon gar nicht ihren Kompass. Der in das Fell des Riesenpandas gehüllte Schneemensch trabte an der Spitze. Lauri und Kalle hatten sich die künstlichen Tatzen unter die Füße geschnallt und hinterließen im Schnee riesige Raubtierspuren. Sie waren aufgeregt wie Kinder, da es nun endlich losging.

Tsu trug die Gebetsmühle auf der Schulter und hörte sich immer wieder ihre frivole Botschaft an. Kalle fand, dass er übertrieb, aber da war nichts zu machen, dem Schneemenschen gefiel die Aufnahme nun mal. Die einsamen Jahre in den Bergen des Himalaja hatten ihn so mit männlicher Kraft und Lust aufgeladen, dass ihm das eintönige Gegacker der Huren nicht so schnell über wurde.

Durch die mächtige Landschaft des Himalaja zu ziehen zehrte an den Kräften, denn flache Täler gab es selten. Die steilen Hänge und abschüssigen Stellen waren bald in den Waden und Oberschenkeln zu spüren. Tsu war ein geübter

Wanderer, aber Lauri und Kalle hatten keine so eiserne Grundkondition. In der Zeit, da sie in den Klosterzellen herumgelegen hatten, waren auch die vorhandenen Muskelkräfte noch geschwunden. Am dritten Tag besserte sich jedoch ihre Kondition, und die Muskeln schmerzten nicht mehr so heftig wie zu Beginn der Wegstrecke. Die Stimmung der Wanderer war großartig. Die schneebedeckten, zerklüfteten Gipfel ragten in den wolkenlosen Himmel. Manchmal schwebten hoch oben Adler mit breiten Schwingen, und Tsu erklärte, dass sie wahrscheinlich ein Ren oder einen Gebirgsbock gesichtet hätten.
Die Tage vergingen rasch beim zügigen Wandern, aber die Nächte waren schwierig, denn jeden Abend vor Einbruch der Dunkelheit musste ein neues Lager errichtet und Essen gemacht werden. Im Allgemeinen übernachteten sie unten in den Tälern, wo es wärmer war als auf den schneebedeckten Hängen. Tsu röstete Fleisch über dem Feuer und backte sogar ein paar Mal Brot auf heißen Steinen. Das typische tibetische Fladenbrot war wirklich lecker. Lauri und Kalle betätigten sich als Gehilfen des Kochs und sammelten Feuerholz, damit sie alle nachts in der Wärme der Flammen gut schlafen konnten. Tsu teilte die Wachen so ein, dass immer zwei Männer schlafen konnten, während der dritte das Feuer beobachtete. Manchmal war nachts aus den Bergen das melancholische Geheul von Wölfen zu hören. Tsu war der Meinung, dass der Feuerschein genügte, die Raubtiere fernzuhalten.
An den langen Abenden erzählten Lauri und Kalle ihm von der Religion, die sie auf ihrer Reise entwickelt hatten. Tsu bekundete Interesse, nachdem er erfahren hatte, dass es keinen speziellen Gott gab, sondern die Gläubigen das

Weltall um Schutz baten. Er fand die Idee ausgezeichnet und versprach, sofort zum Befürworter der neuen Religion zu werden. Sowie sie in Indien angekommen wären, würde er nach einer geeigneten Person suchen, die als sein Glaubensgefährte fungieren könnte. Er vermutete, dass es Millionen Williger gäbe, die sich bekehren lassen würden.

Die sonnigen Hochsommertage vergingen wie im Flug. Nach viertägiger Wanderung erreichten die drei die Grenzzone zwischen China und Indien. Hier wurde der Gebirgspfad zu einer Straße, die mit Geländewagen befahren werden konnte. Hier und dort gab es Stützpunkte der chinesischen Grenztruppen.

Die Grenze zwischen China und Indien wurde streng bewacht. Vor einigen Jahren hatte es dort Zwischenfälle gegeben, und man hatte befürchtet, dass zwischen den beiden Riesenreichen ein Krieg ausbrechen könnte. Zum Glück hatten die Konflikte beigelegt werden können, aber immer noch patrouillierten starke Truppen an der Grenze. Tagsüber kam eine Überquerung nicht infrage, aber in der Nacht konnte es vielleicht glücken. Tsu war ein gewitztes Kind der Einöde und hatte schon öfter Staatsgrenzen ohne Visum überwunden. In Asien war es üblich, dass die Leute, ohne sich um Grenzformalitäten zu scheren, ins Ausland flüchteten, wo mehr Freiheit herrschte. Tsu hatte sich seinerzeit aus Kirgisien abgesetzt, sich anschließend in China herumgetrieben und war nun dabei, zwei Finnen von Tibet nach Indien zu führen.

Sie überquerten die Grenze in den frühen Morgenstunden. Hier und dort waren Patrouillen mit Hunden unterwegs, aber zum Glück witterten die Köter die Flüchtlinge nicht, die sich im Dunkeln versteckten. Die Grenze selbst war

nicht mit einem Zaun gesichert, sodass man auch ohne Tageslicht hinübergelangen konnte. Im Morgengrauen traf das Trio in Indien ein und meldete sich bei den dortigen Beamten.
Die Offiziere des indischen Grenzpostens hießen die Wanderer in der Freiheit willkommen. Nach einem kurzen Verhör übergaben sie ihnen Busfahrscheine und ließen sie ziehen. Am nächsten Tag erreichten die drei die Residenz des Dalai Lama. Die Mungos erkannten ihre ehemaligen Herrchen sofort, hatten aber auch keine Scheu vor Tsu. Ihnen gefiel das mächtige Pandafell, sie schlüpften durch die Ärmel hinein, leckten Nase und Ohren des Schneemenschen und turnten auf seinen Schultern herum.
Als der Dalai Lama sah, wie gut die Mungos und Tsu miteinander auskamen, hatte er eine Idee: Wie wäre es, wenn Tsu als Verwalter, Leibwächter und Pfleger der Mungos bei ihm bliebe? Er würde dasselbe Monatsgehalt bekommen, das man ihm für seine Auftritte als Schneemensch in Tibet bezahlt hatte. Tsu bedankte sich für das edelmütige Angebot und sagte, dass er gern bleiben und dem Dalai Lama dienen werde. Über den Lohn werde man sich garantiert einig, er, Tsu, sei nicht sehr teuer, er brauche nur freie Verpflegung und ein einigermaßen bequemes Zimmer als Unterkunft.
»Hier ist es bestimmt angenehmer als in der Kälte des Himalaja.«
Nachdem der Dalai Lama den neuen Leibwächter engagiert hatte, ließ er sich von seinem Sekretär die Post für Lauri und Kalle bringen, die das Hotel in Neu Delhi an seine Residenz weitergeschickt hatte. Außer ein paar Postkarten waren auch Telegramme von ihren Frauen dabei, die er-

kundigten sich darin nach dem Ergehen der Männer und forderten sie auf, nach Hause zu kommen. Wenn die Gatten nicht bald in Finnland erscheinen würden, könnten sie sich im Ausland neue Ehefrauen suchen. Irma und Anita gedachten ihr einsames Leben dort nicht endlos fortzusetzen, während die Männer durch die Welt tourten, um angeblich irgendwelche Religionen zu verbreiten.

23

Residenz und Büro des Dalai Lama waren, angesichts seiner Position, bescheiden, aber zweckmäßig. Der Sekretär und die übrige Dienerschaft fanden gut darin Platz, und das geistliche Oberhaupt selbst bewohnte sehr bequeme Räume. Der Lama benötigte Personal, während er die Funktion des Anführers der Exilregierung ausübte, und diese Funktion wiederum beinhaltete lange Reisen durch die ganze Welt. Der Dalai Lama reiste gern, und im Allgemeinen wurde er wie ein Staatsoberhaupt mit allen protokollarischen Ehren empfangen. Auch wenn er bei seinen Besuchen in Finnland nicht mit den höchsten Repräsentanten des Staates hatte reden können und auch sonst nicht seiner Würde entsprechend behandelt worden war, hegte der Dalai Lama keinen Groll gegen die finnischen Spitzenpolitiker. Er versuchte, für ihren »engen Zeitplan« Verständnis aufzubringen, der ein gemeinsames Treffen nicht erlaubt hatte. Jetzt aber waren zwei Finnen bei ihm zu Gast, und sie hatten neue Informationen über die Zustände in Tibet für ihn.

Lauri Lonkonen und Kalle Homanen ruhten sich beim Dalai Lama ein paar Tage von den Strapazen ihrer Flucht aus. Bei der Gelegenheit konnten sie ihm von der gegenwärtigen Situation in Tibet berichten. Ärgerlich nur, dass sie

Kalles Kamera nicht mehr dabeihatten und somit nicht mit entsprechenden Fotos aufwarten konnten.
Lauri hatte sich jedoch zahlreiche Notizen in seinem kleinen, blau karierten Heft gemacht. Seltsamerweise hatten die Beamten im Kloster das Reisetagebuch nicht beschlagnahmt. Und jetzt, da er im Stil eines Touristenspions über die gegenwärtige politische und militärische Situation in China und Tibet referierte, war es ihm von großem Nutzen.
Lauri berichtete dem Dalai Lama und dessen Sekretär über den Reiseverlauf, in chronologischer Reihenfolge, von Anfang bis Ende. Er beschrieb den Flug nach Peking und die Bahnfahrt von dort nach Lhasa. Dabei geriet er regelrecht ins Schwärmen, als er die Besonderheiten des tibetischen Hochlandes pries, ohne dabei den Buschbrand und die Details über die neue Bahnverbindung zu vergessen. Dann schilderte er haarklein die Zustände in Lhasa und berichtete auch, welche Haft- und Verhörmethoden aktuell praktiziert wurden.
Der Dalai Lama wunderte sich ein wenig darüber, dass man die Finnen nicht nach Peking gebracht hatte, um sie dort hinzurichten. Er zeigte sich sehr reuig, dass er den beiden vorgeschlagen hatte, die Situation in Tibet unter die Lupe zu nehmen. Denn letztlich war das eindeutig Spionage, und die hatte unter Umständen die schlimmsten Folgen. Buddha sei Dank, dass Doktor Seppo Sorjonen und der Schneemensch vom Himalaja den Gefährten zur Flucht aus ihrer prekären Situation verholfen hatten.
Lauri und Kalle überlegten, ob es angebracht wäre, dem Dalai Lama von ihrer neu erfundenen Religion zu erzählen. Was würde dieser Mann, einer der berühmtesten reli-

giösen Führer der Welt, wohl vom geistlichen Hobby zweier finnischer Laien halten und von einem Glauben, in dem es keinen Gott gab? Würde das den Dalai Lama beleidigen? Schließlich beschlossen sie, von ihrem Modellentwurf zu erzählen, sich jedoch zu hüten, ihre Religion in irgendeiner Weise über andere zu stellen und sie zumindest nicht mit dem Buddhismus zu vergleichen.

Der Dalai Lama lauschte ihrem Glaubensbekenntnis höflich, und je mehr er davon erfuhr, desto interessierter wirkte er. Er war ein toleranter Mann und verurteilte niemanden wegen eines anderen Glaubens. Seiner Meinung nach konnte jeder glauben, woran er wolle, Hauptsache, er achtete das Leben und ließ seine Nächsten in Frieden. Die Religion war in der Geschichte der Menschheit allzu oft und auf grausame Weise zu Ursache und Mittel für Unterdrückung und Krieg geworden.

Dennoch amüsierte sich der Dalai Lama ein wenig über Lauris und Kalles Gotterfindung. Er hatte noch nie zuvor von einer Gottheit gehört, die die Ausmaße des Weltalls hatte oder im Grunde genommen das Weltall war, und so konstatierte er, dass Lauri und Kalle zumindest nicht an übertriebener Bescheidenheit litten. Wenn Gott groß war, war natürlich das ganze Weltall noch größer. Und er fragte sich, wer an so etwas glauben solle. Bisher hatte sich die Menschheit mit weniger begnügt, aber Lauri und Kalle waren offenbar in religiösen Fragen besonders großzügig.

Der Schneemensch half den beiden beim Packen. Als er die Gebetsmühle in den Koffer stopfte, fragte er schüchtern, ob er jene Bandaufnahme haben könnte, die er sich auf der Gebirgswanderung so oft angehört und an die er sich irgendwie gewöhnt hatte. Lauri und Kalle schenkten ihm gern die frivole Aufnahme. Kalle bat ihn allerdings, sie nicht in fremde Hände zu geben, da sie persönliche Gefühlsbekundungen enthielt. In der Gebetsmühle installierte er dafür eine neue Kassette, die der Dalai Lama freundlicherweise mit einer buddhistischen Andacht versah, dazu spielte er sogar noch auf einer kleinen Harfe einige fromme Melodien. Endlich diente die Gebetsmühle wieder religiösen Zwecken und hatte zumindest vorläufig keine frivole Botschaft mehr zu verkünden.

Neben der Berichterstattung über die Reise und den bedeutsamen religiösen Gesprächen mussten sich Lauri und Kalle auch noch um ihre desolaten Finanzen kümmern. Die Chinesen hatten ihnen sämtliches Geld abgenommen. Vom Dalai Lama wollten sie nichts leihen, und Schneemensch Tsu war bekanntermaßen ein Habenichts. Aber auf Kalle wartete zu Hause ein pralles Bankkonto, und auch Lauri war nicht ganz mittellos. So ließen sie sich denn aus Finnland so viel Bargeld überweisen, dass sie nach Neu Delhi fahren und sich in ihrem angestammten Hotel einquartieren konnten. Ihren Ehefrauen schickten sie beruhigende E-Mails mit der Mitteilung, dass sich ihre Weltreise dem Ende nähere, da sämtliche Arbeiten im Großen und Ganzen erledigt seien.

Nach ihren Frauen sehnten sie sich tatsächlich schon sehr. Lauri streifte abends allein durch die Straßen der Millionenstadt und überlegte, ob auch er ein Bordell besuchen sollte, um Druck abzulassen und die Sehnsucht zu lindern. In den Straßen und Gassen gab es mehr als genug branchenübliche Etablissements und darin Hunderte, wenn nicht gar Tausende hübsche indische Mädchen, und auch der Preis für die Liebe war nicht sehr hoch. Wenn Kalle sich hatte hinreißen lassen, warum sollte dann nicht auch er, Lauri, das gleiche Recht haben?

Am Ende einer schmalen Handelsgasse fand Lauri, was er suchte. Das grell beleuchtete Haus lockte zahlende Gäste an. Er grübelte angestrengt. Wäre die Erfahrung tatsächlich das Gesundheitsrisiko und die schlimme Scham wert? Was würde seine Frau sagen, wenn sie wüsste, auf welchen Pfaden er im Moment umherirrte? Und wie würde Kalle, selbst einschlägig erfahren, auf die Aktion reagieren? Könnte er, Lauri, diesen Seitensprung geheim halten und die bezahlte Liebe ganz für sich allein genießen?

Während er diese Überlegungen anstellte, beschloss er schließlich, zu dem neuen, gemeinsam mit Kalle entwickelten Glauben Zuflucht zu nehmen. Warum sollte er nicht in diesem Moment der Entscheidung vom Weltall Antwort auf das sittliche Problem erbitten? Lauri murmelte halblaut ein entsprechendes Gebet und bekam auch sofort die Antwort: Er befand sich auf dem falschen Weg. Das Weltall verurteilte Hurerei und die Degradierung der Frauen zur Handelsware.

Und Lauri verspürte nicht mehr den Wunsch, das Bordell zu betreten, die männliche Begierde war dahin. Die neue innovative Religion hatte mit der Stimme des Weltalls gesprochen und den Mann davor gerettet, widerwärtiger Sünde anheimzufallen.

Eigentlich fand Lauri, dass ein Bordellbesuch keine wirklich große Sünde sein konnte, aber wenn es dem Weltall nicht gefiel, war eben nichts zu machen. Mochten die Freudenmädchen ihre Höschen anbehalten. Lauri Lonkonen würde nicht an ihren Strumpfbändern fummeln.

24

In Neu Delhi suchten sie die örtliche Vertretung der Air France auf und erkundigten sich, ob die Fluggesellschaft zufrieden war mit Kalles Erfindung zur Abwehr von Luftwirbeln. Die Franzosen hatten die Methode inzwischen erprobt, und sie hatte sich als wirksam erwiesen. Also hatte Air France beschlossen, die Querblätter in die Produktion zu überführen. Da es sich um eine einfache kleine Neuerung handelte, bot man Kalle als Bezahlung ein paar kostenlose Flugtickets an, einen höher dotierten Vertrag sollte es nicht geben. Auch recht, entschied Kalle und bat um vier Tickets: eines für sich selbst, eines für seinen Freund und zwei für ihre beiden Ehrfrauen. Das Ziel sollte Südostasien sein. Lauri schlug vor, nach Thailand zu fliegen. Dort könnten sie in angenehmer Umgebung die Gebetsmühle erproben und weiterentwickeln. Ihre Frauen wüssten eine solche Reise sicherlich zu schätzen. Großzügig versprach Air France zusätzlich ein paar weitere Gratisflüge, allerdings nur innerhalb Europas.
Vor ihrer Abreise suchten Lauri und Kalle die Ingenieure der indischen Werkstattkette auf, um sich mit ihnen zu beraten und in Erfahrung zu bringen, ob man sich dort inzwischen gründlich genug mit der Struktur der Gebetsmühle und vor allem mit ihrer industriellen und kommer-

ziellen Nutzung beschäftigt hatte. Die Leute hatten ein gutes Dutzend der Apparate zusammengebaut, einen hatten sie in der Limousine des Firmenchefs auf der Hutablage installiert, sodass die Fahrgäste, die auf der Rückbank saßen, im Bedarfsfall Andachten vom Band hören konnten. Man brauchte nur einen außen angebrachten Knopf zu drücken, um das Gerät einzuschalten. Auch andere Varianten hatten sie entwickelt: in Rikschas und sogar auf Fahrrädern konnten Gebetsmühlen angebracht werden – sie würden die Leute beim Wasserholen begleiten, und sie würden, außer als religiöse Kleingegenstände, bei Bedarf auch als Organizer dienen können, ähnlich wie die modernsten Handys, nur dass mit der Gebetsmühle die verschiedenen Funktionalitäten auch mit den Andachtsdiensten kombiniert werden konnten.
Die Ingenieure bekannten, dass sich ihre Werkstätten letztlich doch nicht so gut für die Massenproduktion der Gebetsmühlen eignen würden. Vielmehr müsste eine gänzlich neue Fabrik errichtet werden, und Garantien für ein ansprechendes technisches Niveau gäbe es auch dann nicht. Autowerkstätten seien einfach für gröbere Arbeiten und weniger für die Massenproduktion feinmechanischer Geräte geeignet.
Lauri und Kalle besahen sich die indischen Produkte. Zwei der Gebetsmühlen waren mit Aluminium verkleidet, eine mit Ebenholz, und bei drei anderen hatte man als Außenmaterial Kunststoff gewählt. Besonders zierlich wirkten die Geräte nicht. Die Schweißnähte waren schief und die Regler nicht korrekt eingebaut. Die Bedienelemente waren aus Kunststoff, lediglich bei dem Ebenholzmodell war allen Ernstes Elfenbein verwendet worden. Die Qualität

musste tatsächlich verbessert und den Details mehr Augenmerk geschenkt werden, wenn man erreichen wollte, dass sich die Apparate gut verkauften.
Die Erfindung und die Geschäftsidee der Finnen an sich erschien den Indern reizvoll, im Falle eines Erfolgs hätte sie womöglich riesige kommerzielle Dimensionen. So schlugen sie also vor, die Produktion der Gebetsmühlen in einem traditionell industrialisierten Land, beispielsweise in Mitteleuropa, anzusiedeln. Montage und Handel wiederum könnten in Indien und im Weiteren in Asien oder Afrika erfolgen. Zu einer Zusammenarbeit dieser Art war die Werkstattkette bereit. Der Chefingenieur wusste zu berichten, dass die Firma bereits erste Kontakte zu Werkstätten in Ungarn, Tschechien und Deutschland aufgenommen hatte. Von dort war Interesse signalisiert worden. Die Details der Gebetsmühle hatten die Inder natürlich geheim gehalten. Jetzt mussten die Finnen nur noch den geeigneten Hersteller aussuchen, anschließend könnte man dann einen Vertrag über die Herstellung und Vermarktung der Gebetsmühlen abschließen, angedacht waren eine halbe Million Exemplare.
Lauri und Kalle konnten kaum an sich halten, so gut hörten sich die Ideen und Pläne der indischen Ingenieure an, doch sie setzten die Gespräche mit ausdruckslosen Mienen fort. Man kam überein, dass die Finnen das Herstellungsland wählen würden, die Inder wiederum würden sich auf die Verbreitung der Gebetsmühle in ganz Asien und weiteren Regionen konzentrieren.
Zum Abschluss der Beratungen erzählte Lauri von der neuen Religion, die sich auf die Göttlichkeit des Weltalls stützte und deren Grundeinheit der einzelne Mensch war,

oder richtiger gesagt zwei Menschen, bei denen einer die guten Taten des anderen festhielt. Lauri überreichte dem Chefingenieur eine schriftliche Darstellung, die er auf Englisch verfasst hatte. Eigentlich war es die eigenwillige Beschreibung einer prophetischen Vision. Lauri nannte die neue Religion dennoch absolut alltagstauglich, schließlich hatte sie schon ihre Wirksamkeit unter Beweis gestellt. Sämtliche Ingenieure machten sich eine eigene Kopie von Lauris Schriftstück, dann studierten sie mit ernsten Mienen den Text. In dieser andächtigen Stimmung endete die Beratung.

Die restliche Zeit in Neu Delhi nutzten die beiden Freunde, um Souvenirs einzukaufen. Es empfahl sich, der Frau, den Kindern und Enkeln aus Indien hübsche Handarbeiten und billige kleine Radios sowie allerlei elektronischen Schnickschnack mitzubringen. Lauri kaufte für Irma schöne Perlen, die der Verkäufer als echt bezeichnete, Kalle wiederum schenkte sein Vertrauen einem Händler im Basar und erwarb für Anita eine winzige Uhr, die wie ein Anhänger an einer Halskette getragen werden konnte. Beim Betrachten der Geschenke malten sich die Männer aus, wie schön sie es zu Hause haben würden, wenn sie nur erst wieder in Finnland anlanden würden. Doch zuvor würden sie Südostasien besuchen …, vier Finnen und eine frivole Gebetsmühle.

25

Lauri und Kalle wollten ihre Frauen im indischen Jaipur treffen, wo viele nordische Reiseveranstalter auf ihren Flügen nach Südostasien einen Zwischenstopp einlegten, um die Maschinen aufzutanken. Die beiden Frauen hatten sich bei ihren Männern dafür bedankt, dass sie nach der langen Trennung an sie gedacht und vor allem dass sie diese herrliche Reise organisiert hatten.
Die Strecke von Neu Delhi nach Jaipur legten Lauri und Kalle im Schnellzug zurück, die Fahrt dauerte nur wenige Stunden. Unterwegs zeichnete Kalle eine neue Erfindung auf Millimeterpapier. Lauri, der neben ihm saß, sah ihm zu und äußerte den Verdacht, dass Kalle dabei war, die Galoschen für Männer neu zu erfinden. Kalle schnaubte nur über diesen Witz seines Gefährten, verriet dann jedoch, dass in seinem Gehirn die revolutionäre Idee von einer persönlichen Wohnkapsel reife, in der jeder Bewohner der Erde die besten Jahre seines Lebens verbringen würde.
»Die Kapsel ist wie eine Wiege, praktisch, gemütlich und schützend«, pries Kalle stolz seinen Gedanken.
Während Kalle seine Riesengalosche zeichnete, die er Menschenkapsel nannte, notierte sich Lauri sorgfältig Verlauf und Ergebnis der Beratungen mit den Ingenieuren der

Autowerkstatt, verfasste ein genaues Protokoll über die Produktion und Vermarktung der Gebetsmühlen in Europa und Asien.

»Sind wir eigentlich verrückt?«, fragte Kalle und unterbrach seine Zeichenarbeit.

»Ja, das sind wir wohl. Die Chinareise hätten wir uns sparen sollen.«

Für weitergehende Erörterungen war der rappelvolle Zug nicht der geeignete Ort. Auf halber Strecke hatte Lauri sein Protokoll fertiggestellt und erklärte, dass er es ins Reine schreiben werde, sowie sie wieder in Finnland seien. Dann wolle er den Text auch stilistisch überarbeiten und anschließend für die beteiligten Partner kopieren.

Auch Kalles Pläne waren in der schläfrigen Atmosphäre des Zuges weiter gediehen. Kalle holte sich aus dem Getränkeautomaten eine kleine Flasche Rotwein und stellte Lauri dann seine neueste Erfindung vor, die viele bisherige in den Schatten stellte, wie er sagte. Er hatte die Idee entwickelt, dass für jeden Bewohner der Welt ein persönliches, ummanteltes Transportmittel, also eine Art Riesengalosche gebaut werden sollte, in der der Mensch leben könnte wie in einer Wiege oder einem kleinen Boot.

Die Menschenkapsel sollte etwa zwei Meter lang und so geräumig sein, dass man sich darin aufhalten und alles erledigen konnte, was zu erledigen war. Eifrig erklärte Kalle, wie das System funktionieren würde:

»Der Staat schenkt jedem Bürger eine eigene Kapsel, die nach den Maßen des Besitzers angefertigt wird. Das Verdeck könnte aus Sperrholz oder Kunststoff bestehen. Un-

ten befinden sich Gummiräder, und die Fortbewegung erfolgt mithilfe eines Elektromotors. Man kann bequem und weich in halb liegender Stellung darin sitzen, ganz wie in einem altmodischen Ohrensessel.«
Lauri fragte verwundert, warum die Menschen ein extra Gehäuse haben müssten, als wären sie Schildkröten. Welchen Sinn sollte das haben?
Nach Kalles Meinung war der Mensch in der Evolution auf halbem Weg stehen geblieben, war absolut unfertig. Der Körper war leicht verletzlich und vertrug keine Kälte, aber auch keine starke Hitze. Ständig kam es zu Unfällen. Alte Leute rutschten aus, und junge holten sich Beulen am Kopf.
Lauri warf ihm vor, zum frühen Mittelalter zurückkehren zu wollen, weil er für die Menschen einen Harnisch entwickelte. Warum erfand er nicht auch gleich für Pferde ein passendes Gehäuse, einen mitwandernden Stall? Kalle überhörte die spöttische Bemerkung und pries die positiven Eigenschaften seiner Erfindung weiter an. In dem Gehäuse gäbe es eine gute Beleuchtung, Heizung und Belüftung, einen PC, Telefonverbindung, einen Fernseher und andere moderne Unterhaltungselektronik.
»Und die Toilette?«
Lauri möge sich gedulden, bat Kalle. Aus dem Gehäuse könnte man sich für kurze Zeit entfernen, um seine Notdurft zu verrichten, oder man könnte in eine Toilette fahren, wo die Kapsel als eine Art persönliches Klobecken fungieren würde. Die Exkremente würden einfach in die öffentliche Kanalisation gepumpt.
Als Tüpfelchen auf dem i präsentierte Kalle einen Minikühlschrank und eine ebensolche Mikrowelle, in der sich

leicht Speisen und Getränke zubereiten ließen. Essensnachschub könne man mühelos und ohne Anstehen im Laden besorgen und bei der Gelegenheit auch den Abfall entsorgen. Mit der Kapsel könne man draußen übernachten, und mit bis zu fünfzig Stundenkilometern durch die Gegend sausen. In Flugzeugen gäbe es spezielle Kapsel-Abteilungen, in die man direkt hineinfahren und dort in der Kapsel schlafen könnte. Genauso wäre es in Fernzügen und Schiffen. Die Fortbewegung und das Leben überhaupt würden sich so außerordentlich mühelos gestalten. Jeder hätte ausreichend gesunde Bewegung, weil er die Kapsel durch Treten in Gang setzen müsste, ähnlich wie die Kinder früher mit ihren Tretautos. Spiel und Bewegung in einem!

Lauri meinte, dass Kalle mit seiner neuesten Erfindung die ganze Menschheit in Kapseln einsperren wollte, die beispielsweise ein Diktator leicht beherrschen könnte, indem er etwa in die Computer seiner Untertanen eindrang und Millionen von ihnen in großen Gefangenenlagern unter Aufsicht hielte. Da würden dann die Leute liegen wie die Seidenraupen in ihrem Kokon, sämtlicher Menschenrechte und Freiheiten beraubt.

Das hatte Kalle nicht bedacht. Dafür fänden aber die Bewohner der Entwicklungsländer, die Hunger und Kriege erlebt hatten, in den Kapseln Schutz vor ihren Unterdrückern. Internationale Nahrungs- und medizinische Hilfe ließe sich leicht direkt zu den Kapseln leiten. Ganze Familien und Dorfgemeinschaften könnten sich versammeln, um ihr neues menschenwürdiges Dasein zu genießen, jeder hätte seine eigene bewegliche und schützende Hülle.

Lauri konnte sich für Kalles großartigen Plan nicht erwärmen. Auch wenn er anerkannte, dass die Menschheit in der Tat von vielen großartigen Erfindungen profitiert hatte, wie etwa vom Rad oder vom elektrischen Strom, so hatte es doch auch viele schreckliche Ideen gegeben, die nur Verderben über die Völker gebracht hatten, zum Beispiel Tötungswaffen und Folterinstrumente. Schon möglich, dass Kalles seltsamer Einfall tatsächlich weltweit umgesetzt würde, doch dann wäre es vorbei mit der Freiheit der Menschen. Lauri wusste nur zu gut, dass selbst Kalles verrückteste Ideen praktikabel waren, die frivole Gebetsmühle war dafür keineswegs das einzige Beispiel.

»Ich jedenfalls werde nie in deine Wabe kriechen, bilde dir das bloß nicht ein. Ich möchte mich als freier Mann und auf eigenen Füßen bewegen, wohin ich will, ohne eine künstliche Schutzkapsel.«

Kalle warf ihm vor, mit seiner negativen Einstellung die Weiterentwicklung der Menschheit zu bremsen. Ein vom Leben gebeutelter schwarzer Lagerarbeiter fände vielleicht seine Rettung darin, die Welt aus einer sicheren Hülle heraus zu betrachten. Oder wäre es schlecht, wenn ein schwer erkrankter Asiate für die letzten Jahre einen eigenen warmen Zufluchtsort fände?

Lauri ging nicht weiter darauf ein, und so beendete auch Kalle die Arbeit an seiner großartigen Erfindung. Er faltete seufzend die Entwürfe zusammen.

»Sei nicht beleidigt, aber der Mensch ist nun mal kein Schalentier«, murmelte Lauri.

»Besser wäre es aber«, behauptete Kalle.

Auf dem Bahnhof von Jaipur warf Kalle die Entwürfe in

den Mülleimer. Lauri registrierte es und dankte seinem Gefährten für die Geste.

»Danke, Kalle, in meinem eigenen Namen und dem des Weltalls.«

26

Die Gebetsmühle hatte eine Eigenschaft, die Lauri und Kalle immer mehr verblüffte. Sie vermochte nämlich eigenmächtig zu entscheiden. Die frivolen Sexmonologe gingen auf ihre Initiative zurück. Sie hatte außerdem diverse Stimmen aufgenommen und sie bei den unpassendsten Gelegenheiten abgespielt, ja sie war sogar so weit gegangen, mit Lauris und Kalles Ehefrauen Kontakt aufzunehmen und ihnen mithilfe des eingebauten Radios die seltsamsten Geschichten über das Treiben ihrer Männer nach Finnland zu übermitteln. Nie konnte man sicher sein, was sie als Nächstes von sich geben würde.

Auf der Fahrt nach Jaipur begann die Mühle, irgendein indisches Trink- oder Bänkellied zu grölen, und als sich die anderen Reisenden beschwerten, grölte sie nur noch lauter und beschimpfte ihre Kritiker. Lauri und Kalle versuchten, den Ton leiser zu stellen, aber es half nicht. Wieder mussten sie die Bodenplatte abschrauben und die Elektrokabel aus den Akkus ziehen.

Konnte man all das als mechanisches Denken bezeichnen, oder war es durch das Zusammentreffen mehrerer Faktoren, wie etwa Stromschwankungen oder Lecks am Akku, bedingt? Oder handelte es sich einfach um einen dummen Zufall, eine Laune der Natur?

Nach der Ankunft in Jaipur sinnierte Kalle zum Zeitvertreib darüber, wie es wäre, wenn sich seine Erfindung, die Gebetsmühle, tatsächlich als selbstständiges Wesen erweisen würde, einem Menschen ähnlich. Der Kasten könnte sich – problemlos und in kurzer Zeit – zu einem religiösen Führer entwickeln, oder zumindest zu einem geistlichen Strohhalm, obwohl er ja ganz sicher nicht über einen angeborenen menschlichen Verstand verfügte.

»Es wäre nicht übel, wenn wir die Mühle herumtragen und ihr befehlen könnten, in riesigen Kirchen katholische Messen abzuhalten.«

»Oder den islamischen Muezzin zu geben! Unter den Kerlen könnte sie jedenfalls bestehen, sie hätte die lauteste Stimme«, ergänzte Lauri.

Kalle stellte Überlegungen an, was wohl mit der Gebetsmühle los war. War sie vom Teufel geritten? Hatte irgendein Schurke mit flinken Fingern sich ihrer bemächtigt und sie auf Frivolitäten getrimmt? Jedenfalls schien es momentan unmöglich, sie wieder auf das manierliche Verhalten eines gewöhnlichen Computers oder zumindest eines Telefons umzuschalten. Das Monstrum war außer Rand und Band.

Lauri bezweifelte, dass Kalles Apparat ein Seelenleben besaß, eher war er defekt und gab einfach sämtliche Botschaften von sich, die er mit seinen hochempfindlichen Geräten aus dem Äther empfing. Er war ja wie eine kleine Rundfunkstation, war anfällig für Stromschwankungen und gab automatisch alles wieder, was in ihm gespeichert worden war und was er mit seinen eigenen Antennen empfangen hatte. Lauri erzählte, dass seine Familie irgendwann in den 1960er-Jahren eine kleine Sommerwohnung am Päijänne gemietet hatte. Dort hatte sich ein Batterieradio ähnlich verhalten. Es hatte sich selbstständig den passenden Wellenbereich gesucht, und wenn es ihn gefunden hatte, hatte es das jeweilige Programm laut und zu aller Missfallen herausgedröhnt, ob es sich nun um Musik oder um fremdsprachige Worte gehandelt hatte. Erst als der benachbarte Milchbauer ihnen erlaubt hatte, das Radio an sein Stromnetz anzuschließen, hatten sie die Sender selbst wählen können, aber sowie sie es vom Netz genommen hatten, hatte dasselbe Spektakel wieder von vorn begonnen. Ein umherziehender Zigeuner hatte das störanfällige Gerät endlich außer Gefecht gesetzt, er hatte es an der Deichsel seines Pferdewagens platt geschlagen. So war, dank dieses Mannes, im Dorf wieder Ruhe eingekehrt. Später hatte Lauris Vater das Radio repariert, aber es war sich in seinem Verhalten treu geblieben. Dasselbe erwartete Lauri nun auch von Kalles Erfindung.

Auf dem Flughafen von Jaipur verließ ein Teil der Passagiere das ankommende Flugzeug, das nur einen Zwischenstopp einlegte. Lauri und Kalle beobachteten eine Gruppe von fünf älteren finnischen Frauen, die anscheinend ein großes Verlangen nach einer Zigarette hatten. Im Abfertigungsgebäude gab es jedoch keinen extra ausgewiesenen Raucherbereich, sodass sich die Frauen draußen neben das Flughafengebäude stellten und sich ihre Zigaretten anzündeten, sie standen auf dem Rasenstreifen unmittelbar neben der Start- und Landebahn. Gierig sogen sie den Rauch ein, aber lange war ihnen dieses Vergnügen nicht vergönnt. Mehrere Beamte des Bodenpersonals kamen angerannt, sogar ein paar Polizisten. Sie machten den Frauen klar, dass die Qualmerei nicht erlaubt sei. Auf dem Flugfeld befanden sich zahlreiche Tankwagen mit leicht entzündlichem Kerosin, und es bestand die Gefahr, dass es zu einem folgenschweren Brand käme und der ganze Flughafen in die Luft flöge.

Die Beamten und Polizisten beschlagnahmten die Zigaretten und forderten die Frauen auf, in die Maschine zurückzukehren. Die Übermacht der Beamten war so groß, dass die Finninnen gezwungen waren zu gehorchen. Murrend stiegen sie die Gangway hinauf. Der Flugkapitän und ein Steward empfingen sie und geleiteten sie auf ihre Plätze. Die indischen Polizisten kehrten mit ihren Schlagstöcken ins Flughafengebäude zurück, sichtlich stolz darauf, dass sie über fünf groß gewachsene Nordländerinnen den Sieg davongetragen hatten.

Schließlich stiegen auch Lauri und Kalle ins Flugzeug ein, wo ihre Frauen schon auf sie warteten. Obwohl die beiden Männer länger fortgeblieben waren als ursprünglich vereinbart, wurden sie dennoch herzlich empfangen. Es gab Umarmungen und Tränen. Die Weltenbummler schienen immerhin in guter Verfassung und einigermaßen nüchtern zu sein. Und bald schon begann die Reise nach Thailand.

Anita und Irma hatten Zimmer im Touristendorf Ao Nang südlich von Phuket bestellt, das Hotel dort war gediegen und modern und befand sich unmittelbar am Strand. Wenn schon die Chinesen pausenlos lächelten, so sahen die Thailänder vermutlich auch im Schlaf sonnig aus. Wegen der Freundlichkeit des Personals und des guten Services war der Urlaub in Ao Nang außerordentlich angenehm.

Lauri und Kalle hatten ihre Frauen auch deshalb nach Thailand einladen wollen, weil sie gemeinsam mit ihnen im Dschungel das Verhalten der Gebetsmühle tropischen Tieren gegenüber erproben wollten. Wenn die Mühle religiöse Andachten der Menschen und deren Obszönitäten aufnahm und wiedergab, dann würden auch Tiere entsprechend auf sie wirken.

Es dauerte jedoch eine Weile, ehe Anita und Irma die Bedeutung der Gebetsmühle begriffen. Sie mussten sich zunächst viele Male die frommen Grüße des Dalai Lama anhören, und erst allmählich dämmerte ihnen das Geheimnis des Apparates.

Am Meeresufer vor dem Hotel warteten zahlreiche Boote, die keine zehn Meter lang waren, einen hohen Vordersteven hatten und mit einem Sonnendach ausgestattet waren. Etwa zehn Leute passten hinein, man konnte sie mitsamt Steuermann mieten. Am Motor befand sich eine bis zu vier Meter lange Stange, an deren Ende sich die Bootsschraube befand. Die Fahrzeuge sahen sonderbar aus, erfüllten aber ihren Zweck hervorragend. Der Steuermann konnte das Boot so im Stehen lenken, indem er die Stange drehte. Kalle erzählte, dass die Pioniere in der finnischen Armee einst Schnellboote benutzten, die ganz ähnlich ausgesehen hatten. Die Motoren hatten aus Ungarn gestammt, er, Kalle, hatte sie damals noch gesehen.

Lauri und Kalle mieteten fast täglich ein Boot und machten mit ihren Frauen Ausflüge auf die nahe gelegenen Inseln, ausgerüstet mit einem Picknickkorb, Sonnenschirmen und Badebekleidung. Nach dem Frühstück fuhren sie los und gegen Abend kehrten sie ins Hotel zurück. Bei einer dieser Inseltouren stibitzten Affen mit geringelten Schwänzen die Gebetsmühle. Blitzschnell schleppten sie den Apparat hoch hinauf in die Baumwipfel, und von dort ertönten bald religiöse Botschaften. Mit ihren geschickten Fingern hat-

ten die Affen den Einschaltknopf gedrückt. Der ganze Dschungel hallte wider, als ein indischer Hindupriester eine Andacht hielt.
Bald bekamen die Affen Streit. Der Anführer der Herde beanspruchte die Gebetsmühle für sich, aber das Männchen, das sie stibitzt hatte, wollte sie nicht freiwillig hergeben. Die Mühle begann, die gleichen Laute auszustoßen wie die Affen, und ahmte sie so gut nach, dass man sie nicht von den Tieren hätte unterscheiden können. Die Affen begannen hoch oben in den Baumwipfeln miteinander zu ringen, und so kam es, dass die Gebetsmühle herunterfiel. Auf dem Weg nach unten fluchte und schimpfte sie heftiger als je zuvor. Kalle rannte, um seinen Schatz zu bergen. Die enttäuschten Affen beendeten ihren Ringkampf und suchten nach einer besseren Beschäftigung.
Dann probierten Kalle und Lauri aus, wie sich der Apparat gegenüber den Fröschen und kleinen Schildkröten verhielt, die das flache Wasser am Ufer bevölkerten. Die Mühle bestand den Test ausgezeichnet, sie lernte sogar quaken, und sie zischte wie eine Uferschlange.
Die interessanteste Urlaubserfahrung war jedoch der Ritt auf einem Elefanten. Lauri und Kalle buchten eine gemeinsame Elefantensafari und fuhren mit ihren Frauen im Bus zu einem zwei Meilen entfernten Elefantendorf.
Auf den Rücken eines Elefanten kann man sich nicht einfach hinaufschwingen wie auf einen Esel, denn die riesigen Tiere sind mehr als drei Meter hoch. So war denn für die Reiter ein spezieller, mit Stufen versehener Pavillon aufgebaut, an den die Elefanten seitlich herangeführt wurden, sodass die Gäste leicht und sicher in den für zwei Personen ausgelegten Sattel gelangten. Die Elefanten waren ruhige

und folgsame Wesen. Fest und sicher schritten sie über den Pfad, der durch den Dschungel geschlagen war. Der Führer saß auf dem Kopf des Tieres, die Gäste in ihrem Sattel hinter ihm. Die Strecke folgte einem flachen Flusslauf von etwa fünf Metern Breite.

Auf dem Elefantenpfad bestand die Gelegenheit, die Gebetsmühle auszuprobieren. Sie begann zu ächzen wie der Elefant, und als dieser durch seinen gewaltigen Rüssel feierlich trompetete, blieb der Apparat keineswegs stumm. Aus seinem Inneren drangen noch mächtigere Trompetenstöße, sodass beide Elefanten durchgingen. Die großen Ohren flatterten nur so, als die Tiere auf dem Pfad kehrtmachten und ins Dorf zurückrannten, wo sie in den Getreidespeichern Schutz suchten. Erst nach einer ganzen Weile ließen sie sich beruhigen.

Am Ende des Reittages wurden ein paar Fotos geschossen. Zum Abschied hob Kalles Elefant Anita mit seinem Rüssel hoch und setzte sie auf das Dach des Busses. Sie kreischte und regte sich so auf, dass sie eine ganze Weile brauchte, ehe sie sich entschloss herunterzukommen. Aber insgesamt war es ein gelungener Tag, und auf der Rückfahrt waren sich alle darin einig, dass Elefanten sympathische und zuverlässige Tiere sind.

Nach einer guten Woche gelangten Lauri und Kalle zu dem Schluss, dass sie den Urlaub eigentlich in Europa fortsetzen konnten. In Deutschland, Ungarn und Tschechien standen Verhandlungen über die Produktion der Gebetsmühle an.

Aber erst mal ging es nach Finnland. Nach langer Abwesenheit wieder in die Heimat zurückzukehren empfanden beide Männer als großartig. Welch ein sauberes, kühles und gesundes Land Finnland doch war. Das wurde einem erst klar, wenn man im Ausland Schlimmes erlebt hatte, wie etwa den Aufenthalt in einem chinesisch-tibetischen Gefängnis. Die Lobeshymnen der Männer auf das herrliche Vaterland bekamen einen Dämpfer, als ihre Frauen sie an gewisse berühmte Eigenschaften der Finnen erinnerten: Neid, Klatschsucht, Hang zu hemmungslosem Saufen und Schlägereien.

27

Lauri Lonkonen saß auf dem Zahnarztstuhl. Er war gekommen, um sich den Eckzahn überkronen zu lassen, der ihm in Tibet abgebrochen war. Der Doktor war mit seinen Instrumenten zugange und erklärte, dass er den Unterkiefer betäuben und dass es überhaupt nicht wehtun werde. Der kleine Piks in den Gaumen machte Lauri tatsächlich kaum etwas aus, und bald begann das Betäubungsmittel zu wirken. Der Doktor zückte den Bohrer und begann mit der Arbeit.

Der Rest des Sommers in der Heimat war gut verlaufen. Lauri hatte das Protokoll der in Indien geführten Verhandlungen ins Reine geschrieben und vervielfältigt, hatte außerdem aus Deutschland, Ungarn und Tschechien erste Angebote für die Herstellung der Mühlen eingeholt. Das Angebot der Deutschen war zu teuer gewesen, bei den Ungarn hatte das technische Niveau nicht gestimmt, aber in Tschechien verfügte man über jede Menge feinmechanisches Know-how, auch die Stückpreise der Mühlen schienen nicht übertrieben. Die tschechische Mühle kostete im Großen und Ganzen so viel wie ein kleines Bierfass. Dazu kamen natürlich das vielseitige Handy, das Aufnahmegerät und die übrige Elektronik. In großen Serien verbaut, würden auch sie nicht allzu teuer werden. Lauri war zufrieden

mit dem Erreichten. Auch Kalle hatte das Angebot der Tschechen akzeptiert. Die Produktion der Gebetsmühlen könnte womöglich schon vor Weihnachten angeschoben werden.
Als der Zahnarzt die Arbeit erledigt hatte, wischte er seinem Patienten das schweißige Gesicht ab und bat ihn, sich an den kleinen runden Tisch im Behandlungszimmer zu setzen. Dann reichte er ihm die Hand und entschuldigte sich für die indiskrete Frage, aber er wollte wissen, ob der Patient gläubig sei. Lauri war erstaunt über diese Frage und hatte keine große Lust, von seiner neuen Religion zu erzählen. Er begnügte sich mit dem Hinweis, dass er im Frühjahr auf dem Meer verunglückt sei und länger als vierundzwanzig Stunden auf einem Felsen im kalten Finnischen Meerbusen hatte stehen müssen. In jener Situation hatte er sich mehrfach auf die Religion besonnen. Von der Reise nach Indien und China mochte er einem wildfremden Menschen nicht erzählen.
Der Zahnarzt war erfreut. Er sagte, dass auch er im Laufe seines Lebens in viele schwierige Situationen geraten sei. Im Meer habe er zwar nicht gestanden, aber es sei manchmal anderweitig brenzlig gewesen. Heutzutage sei er gläubig, und er wolle seinem Patienten von seiner neuen Religion erzählen, die ganz vorzüglich sei.
Bald bemerkte Lauri voller Verblüffung, dass der Arzt von ebenjenem Weltallglauben erzählte, den Kalle und er in Asien erfunden und entwickelt hatten. Inzwischen hatte sich dieser Glaube also bis ans andere Ende der Welt, nach Finnland, verbreitet.
Der Zahnarzt verriet, dass er einen Bekannten habe, einen Internisten, der einige Monate in China in einem Camp der

Organisation *Ärzte ohne Grenzen* verbracht habe. Dort habe ihm ein gewisser Doktor Sorjonen von der neuen Religion erzählt. Nun habe also dieser Bekannte ihn, den Zahnarzt, zu seinem Glaubensgefährten gemacht, und er seinerseits habe die Idee weiterverbreitet. Nach seinen Berechnungen gab es in Finnland bisher mindestens tausend Anhänger der neuen Religion.

»Möglicherweise sind es sogar mehr, es kommen wöchentlich Hunderte Interessenten dazu. Tagtäglich werden jede Menge guter Taten notiert.«

Der Zahnarzt erwähnte mit einigem Stolz, dass auf seinem Konto im Verlaufe des Herbstes mehr als dreißig gute Taten aufgelistet worden seien.

»Dabei habe ich Kleinigkeiten nicht mal erwähnt. In Glaubensdingen soll man nicht übertreiben. Aber bei alten Omas und Opas, die über achtzig sind, berechne ich nicht den Höchstpreis, sondern gebe dreißig Prozent Rabatt.«

Lauri bestätigte, dass diese Freigiebigkeit auf jeden Fall eine gute und notierenswerte Tat sei. Er konnte sich die Frage nicht verkneifen, ob die Tatsache, dass in dieser Religion kein Gott vorhanden sei, den Arzt nicht abschrecke oder zumindest befremde. Nein, keineswegs:

»Sicher, Götter sind wunderbar und verdienen in jeder Weise die Gebete der sündigen Menschen, aber das Weltall ist dennoch etwas ganz anderes. Nicht mal der mächtigste Gott kann mit ihm konkurrieren.«

Lauri versprach, darüber nachzudenken, ob er sich dem Glauben des Zahnarztes anschließen wolle. Dann bezahlte er seine Rechnung und trat gedankenverloren auf die Straße. Kalle und er hatten eine Idee in die Welt gesetzt, die sich mit einem Tempo verbreitete, das sie niemals vorausgesehen hatten. Er rief seinen Freund an und erzählte ihm die Neuigkeit. Kalle bestätigte, dass die Entwicklung schwindelerregend sei und redete dann von einer neuen Erfindung, die noch grandioser sei als die Menschenkapseln.

»Aber davon erzähle ich dir noch nichts, sonst ernte ich wieder Hohn und Spott.«

Lauri bedauerte seine damalige Reaktion, betonte aber, dass man nicht die ganze Menschheit in große Galoschen stopfen könne. Auch wenn Kalle es vielleicht nicht glaubte, aber die Menschen in Kapseln einzuschließen bedeutete, sie ihrer Freiheit und eines menschenwürdigen Lebens zu berauben. Doch Kalle solle sich nur weiter seinen Erfindungen widmen. Er, Lauri, werde die Patentanträge und den übrigen Papierkram übernehmen, so versprach er bereitwillig.

Lauri schlug vor, nach Tschechien zu reisen und einen Vertrag über die Produktion der Gebetsmühlen abzuschließen. Gleichzeitig könnten sie ein, zwei Wochen Herbsturlaub in Prag und gegebenenfalls auch auf dem Lande machen. Kalle begrüßte den Vorschlag, seine Frau Anita hatte sich bereits über das dortige touristische Angebot informiert und eine sehr idyllische Kleinstadt zwischen Prag und Brno, in schönster mitteleuropäischer Provinz, entdeckt. Die Stadt hieß Havlìčkův Brod, wusste Kalle. Und das Beste: Eben dort fand Ende Oktober eine große Buchmesse statt!

Lauri begriff sofort, worauf Kalle hinauswollte. Auf der Messe würde sich die Gelegenheit bieten, die in Indien und China besprochenen Buchpläne vorzustellen. Vielleicht würden sie dort einen aufgeschlossenen Verleger für ihr

Projekt finden? Sie hatten beide das Gefühl, dass es geradezu unerlässlich war, nach Tschechien zu reisen. Irma und Anita zum Mitkommen animieren, und dann auf zu spannenden Geschäftsabschlüssen! Eine Vielzahl von Aufgaben warteten auf der Reise: Anschub der Serienproduktion der frivolen Gebetsmühle, Feinschliff und Verbreitung der neuen Religion, Fertigstellung des Reiseberichts, Wandern und Erholung in Mitteleuropas fruchtbarer und historischer Landschaft ... und schließlich ein herrlicher Urlaub in den schönsten Wochen des Spätsommers! So ganz ohne Sinn und Zweck würde man auch diesmal nicht verreisen!

28

Die Ehepaare Lonkonen und Homanen flogen fröhlich und erwartungsvoll nach Prag. Es war Ende Oktober, und der finnische Sommer war mit ersten Regenschauern und Stürmen endgültig vom Herbst abgelöst worden. In Mitteleuropa dagegen herrschte noch mildes, sommerliches Wetter. Besonders Anita und Irma freuten sich auf die kommenden zwei, vielleicht drei Urlaubswochen. Unterwegs erzählte Lauri von der feinmechanischen Industrie in Tschechien, was die Frauen nicht sonderlich interessierte, trotzdem hörten sie sich alles an, und das sogar ziemlich ruhig.
Lauri wusste zu berichten, dass sich Tschechien bereits zu Zeiten der früheren Volksrepublik der Tschechoslowakei, ja eigentlich bereits lange vorher, zu einem bekannten und geschätzten Industriestaat entwickelt hatte. Während der Weltkriege waren tschechische Kampfmittel gefragte Tötungswerkzeuge gewesen, besonders die Maschinenfeuerwaffen der Infanterie. Das Know-how im Maschinenbau gründete sich jedoch nicht allein auf die Produktion von Gewehren, die Tschechen waren auch führend in der europäischen Autoindustrie. Immer noch gehörten die Autos von Skoda in Technik und Design zur Weltspitze. Die Finnen hatten vor allem nach dem Zweiten Weltkrieg Skoda

gefahren, als nicht genug westliche Autos importiert werden konnten. Lauri hatte mit den Prager Partnern vereinbart, dass einer ihrer Vertreter zum Flughafen kommen sollte, um sie in die Fabrik zu begleiten, damit sie sich die Produkte ansehen und den gemeinsamen Vertrag aushandeln könnten. Lauri äußerte die Hoffnung, dass auch die Ehefrauen an dieser Visite teilnehmen würden, dadurch bekämen sie einen Einblick in den mitteleuropäischen Maschinenbau und einen ersten Kontakt zu Tschechien. So geschah es.

Auf dem Prager Flughafen wartete tatsächlich ein junger Ingenieur, der die finnischen Gäste in Empfang nahm. Man fuhr zu einem Industriegebiet im Osten der Stadt, das direkt an der Moldau lag und eine mittelgroße Maschinenfabrik beherbergte. Gastgeber war der Chef persönlich, ein betagter, homerischer Gentleman, der stolz seinen Betrieb zeigte. Er erzählte, dass an diesem Standort bereits seit mehr als dreihundert Jahren Eisen geschmiedet, gegossen und bearbeitet wurde. Besonders zufrieden äußerte er sich über die Leistung seiner Presse, die er als eine der modernsten in ganz Europa pries. In dieser Abteilung würde man die äußere Hülle und auch viele andere Bauteile der finnisch-indischen Gebetsmühle herstellen.

Zum Abschluss des Rundgangs führte er seine Gäste in den Klubraum des Betriebes, wo ein üppiger tschechischer Lunch mit Bier und allem Drum und Dran wartete. In angenehmer Atmosphäre unterschrieben Lauri und Kalle einen Auftrag für die Herstellung von hunderttausend Gebetsmühlen. Lauri hatte den Text bereits vorab bekommen und studiert. Zur Feier des Ereignisses hob der Firmenchef sein schäumendes Bierglas und sprach die Hoffnung aus,

dass die Zusammenarbeit auch nach Fertigstellung der ersten Probeserie weitergehen möge.
Um die heitere Begegnung zu würzen, stellte Lauri auch die neue Religion vor. Der Chef zeigte sich interessiert. Als er hörte, dass es seine Kunden waren, die diese Religion erdacht hatten, versprach er bereitwillig, mitzumachen. Kalle sagte ihm, dass jeder Gläubige zwei neue gewinnen solle, und diese wiederum zwei weitere und so fort. Es handelte sich um eine mathematische Gesetzmäßigkeit der Potenzrechnung. Bereits jetzt hatte der Weltallglaube Hunderte, ja Tausende Unterstützer, und das dank dieser Art der Mitgliederwerbung.
Dem Direktor gefiel auch die Tatsache, dass in der neuen Religion keinen speziellen Göttern gedient wurde, sondern das Weltall diese Funktion ausübte. Er als Tscheche, so sagte er, habe genug von all den Führern und Göttern. Während der Besetzung des Landes waren Lenin und Stalin verehrt worden, als ob sie Götter wären, und danach war das Volk gezwungen worden, vor den Bajonetten der Sowjetsoldaten zu Kreuze zu kriechen. Von Gottheiten und großen Führern hatte man in Prag wahrhaftig die Nase voll. Der Direktor rief zwei jüngere Ingenieure hinzu und erklärte ihnen rasch das Funktionsprinzip der neuen Religion. Die beiden versprachen sofort, mitzumachen und ihrerseits zwei neue Unterstützer zu werben. Sie hatten namlich jede Menge guter Taten in petto, konnten sogar dem Direktor noch welche abgeben. Der bestätigte, dass die beiden begabte Ingenieure waren und gute Arbeit leisteten. Er selbst wiederum betätigte sich als Wohltäter, indem er sie überdurchschnittlich gut bezahlte. Somit waren alle drei akzeptable Gläubige im Reich des Weltalls.

Es dauerte nicht lange, und schon hatten die Ingenieure ausgerechnet, wann die neue Religion so viele Anhänger hätte, dass man sie als Weltreligion bezeichnen könnte. Wenn eine Person immer zwei neue Gläubige warb, und wenn man annahm, dass sie dafür knapp einen Monat brauchten, wäre in zwei oder spätestens drei Jahren die ganze Menschheit Befürworter des neuen Glaubens, den Lauri und Kalle entwickelt hatten.
Wie die Ingenieure erklärten, bildete die Zahl der Gläubigen eine sogenannte entgegengesetzte oder divergente geometrische Reihe. Mit der Logarithmenrechnung kam heraus, dass die gesamte Weltbevölkerung (sechs Milliarden) nach dreiunddreißig Monaten gläubig wäre. Wenn alle Gläubigen ihre Bekehrungsarbeit jeden Monat im selben Tempo betreiben würden, wäre das Ziel bereits in weniger als zweiundzwanzig Monaten erreicht.
Das also errechneten die Prager Ingenieure. Zum Vergleich riefen sich die Anwesenden ins Gedächtnis, dass die Verbreitung des christlichen Glaubens viele Jahrhunderte gedauert hatte, ebenso die des Islam oder des Buddhismus, ganz zu schweigen von den vielen kleinen Sekten, die niemals wirklich große Religionen werden würden.
Diese faszinierenden Zukunftsaussichten waren einzig dadurch möglich, dass die Religion sich selbst ergänzte, indem jeder Gläubige selbst für eine Weiterentwicklung sorgte. Im Prinzip könnte sich jeder lebende Mensch dem neuen Weltallglauben anschließen.
Nur zu, dachte Kalle. Lauri war vorsichtiger. Wie sollten sie zu zweit eine so gewaltige Kraft beherrschen? Müsste sich eventuell doch einer von ihnen zum Gott aufschwingen, womöglich alle beide? Göttliche Kräfte waren die eine

Sache, aber woher sollten sie die Allmacht nehmen? Als Lauri eine Weile über seine Aufgaben als Gott nachgedacht hatte, musste er feststellen, dass er letzten Endes nur ein gewöhnlicher Sterblicher war – er hatte nicht das Zeug zum Gott, und Kalle ebenfalls nicht. Sie würden sich lieber mit ihrem Schicksal als Mensch begnügen. Außerdem kannte kaum jemand ihrer beider Rolle innerhalb der neuen Religion – abgesehen vom »Schneemenschen«, ihren Ehefrauen, ein paar Tschechen und natürlich Doktor Sorjonen. Alle anderen Gläubigen wussten nichts von ihrem Anteil am Ganzen, würden sie also auch nicht für Götter oder Engel halten.

Die beiden nahmen den tschechischen Ingenieuren und ihrem Chef das Versprechen ab, die Identität der Gründer der neuen Religion nicht zu verraten. Beide wollten sie lieber kleine bescheidene Menschen bleiben als der mächtigste Gott der Welt.

Lauri und Kalle schlürften von dem schäumenden Bier einen Krug nach dem anderen, und als sie ein wenig betrunken waren, beschlossen sie, im Internet ein Zentralregister zu gründen und sich darin unter ihrem richtigen Namen und mit ihren persönlichen Daten als erste Gläubige einzutragen. Der Chef der Metallfabrik und ein halbes Dutzend Ingenieure folgten ihrem Beispiel.

Als Namen für die Internetreligion vereinbarten sie *Lonko-Homa*, gebildet aus den Nachnamen der beiden Gründer, und ließen ihn auch gleich registrieren. Amüsiert tauschten sie sich darüber aus, ob wohl Jesus oder Johannes der Täufer ähnliche Ambitionen gehabt hatten, als sie vor mehreren tausend Jahren ihrer Religion einen Namen gaben …, nun, zu der Zeit gab es ja noch keinen Computer.

In dieser Phase mischte sich die Gebetsmühle ins fröhliche Beisammensein und verkündete laut, dass sie alles, was gesagt und worüber gelacht worden sei, gespeichert habe. Niemand kümmerte sich groß um das Gezeter des Kastens, Lauri und Kalle leerten weiter gemeinsam mit dem Chef und den jungen Ingenieuren die Krüge, die einen ganzen Liter Bier fassten. Die Frauen wollten anstelle des Biers gern Sekt, der auch sofort herbeigeschafft wurde und dem sie fleißig zusprachen, viele Male wurde ihnen nachgeschenkt.

Am lustigsten wurde es, als Lauri und Kalle planten, wo das Zentralregister und der Versammlungsort der Gläubigen angesiedelt sein sollten. Auch die Christen besaßen ja unten in Italien den Kleinstaat Vatikan, warum sollte nicht auch Lauris und Kalles Religion eine Heimstatt bekommen?

Der hilfsbereite Fabrikdirektor, der mit seinen Leuten dem neuen Glauben zu dienen bereit war, erklärte, dass seine großen Lagerhallen als riesige Kirchen dienen könnten – und er war sich sicher, dass mindestens fünf Millionen Tschechen den neuen Glauben unterstützen würden.

Bier und Sekt flossen in Strömen. Lauri und Kalle dachten über das großzügige Angebot des Direktors nach, gingen dann aber doch nicht darauf ein. Kalle fand, dass ihr selbst gemachter Vatikan vernünftigerweise in Rom untergebracht werden sollte, Lauri dachte eher an Paris. Damit fand er die Unterstützung der Frauen, religiöse Nächte in Paris schienen sie zu reizen.

Sowohl Lauris als auch Kalles Handy klingelte, dann brach das Netz zusammen. Der Telefonverkehr war zu lebhaft. Allein für Kalle gingen innerhalb von fünfzehn Minuten mehr als 760 Anrufe ein, Lauri bekam immerhin 207. Das Zentralregister hatte in der Welt Aufmerksamkeit gefunden.

Wenn man nun die große Schar der Gläubigen statt nach Rom oder Paris auf das Eis des Ladogasees zu einem gemeinsamen Treffen einladen würde? Dort hätten ohne Weiteres einige Millionen Menschen Platz. Aber wie würden die Russen auf diese bunte Schar von Leuten reagieren, wenn die nicht einmal ordnungsgemäße Visa aufzuweisen hätten? Der bloße Gedanke allein schien abwegig.

Auch der Baikalsee kam somit nicht infrage, obwohl er als größtes Süßwasserbassin der Welt galt. Kalle schlug vor, das Treffen auf dem finnischen Saimaa zu veranstalten, aber Lauri fand, dass es dort allzu viele störende Inseln, Landzungen und Sommerhäuser gab, da wären selbst die Åland-Inseln geeigneter, trotz des vorhandenen Sprachproblems. Schließlich sprach man dort ja nicht Finnisch, aber immerhin auch nicht Russisch.

Welcher See sollte es sein? Der Päijänne? Der Näsijärvi? Der Kallavesi? Der Inarijärvi? Lauri erinnerte sich, dass mal jemand ausgerechnet hatte, dass auf dem Eis des Inarisees die gesamte Menschheit stehend Platz fände.

»Sechs Milliarden Menschen?«, fragte Kalle verblüfft.

»Ja, mindestens«, erwiderte Lauri.

»Fahren wir zum Inarisee«, entschied die Gebetsmühle.

29

In Prag verbrachten die beiden Ehepaare zwei Tage fröhlichen, ausgelassenen Urlaub und genossen es, wieder mal zusammen unterwegs zu sein. Sie hätten es in der schönen Stadt an der Moldau auch noch länger ausgehalten, mindestens eine Woche oder auch zwei, aber es war noch nicht alles erledigt. Der Eisenbahnroman wartete immer noch auf seinen Verleger, und gerade jetzt wurde in Havlìčkův Brod eine große dreitägige Buchmesse eröffnet.

Die Gegend von Brod lag unglaublich idyllisch in einer ländlichen Gegend, in der verstreut freundliche kleine Dörfer und Städte lagen. Das Korn wogte auf den Feldern, kleine Bäche und große Flüsse sowie kleinere und große Seen verliehen der Landschaft ihren eigenen Reiz. Da die Lonkonens und Homanens nicht so sehr aufs Geld zu achten brauchten, nahmen sie sich ein Taxi und beschlossen, direkt nach Havlìčkův zur Buchmesse zu fahren. Die Frauen bezweifelten zwar, dass der Besuch auf der Messe Sinn ergab, da niemand von ihnen auch nur ein Wort Tschechisch sprach, aber Lauri und Kalle sahen darin kein Problem. Sie würden sich mit Deutsch helfen – alle Mitteleuropäer der älteren Generation sprachen fließend Deutsch, eine Folge ihrer bitteren Erfahrungen aus dem Zweiten Weltkrieg und der Besatzung durch die Deutschen. Die jüngeren Leute wiederum konnten gut Englisch, denn auch in Tschechien hatte man in die Schulbildung und somit auch in den Sprachunterricht investiert. Daran sollte es also nicht scheitern, die beiden Schriftsteller waren bereit, den Verlegern ein Angebot zu machen, das diese kaum würden ablehnen können.

In Havlìčkův Brod mieteten sich die Finnen in einem kleinen Hotel ein, das am Rand des zentralen Marktplatzes stand. Große Gebäude gab es überhaupt nicht, obwohl die Stadt das Verwaltungszentrum der Gegend war. Auch Industrie war unmittelbar im Zentrum nicht vorhanden, sodass der Ort wirklich hübsch und sauber war. Das Hotel jedoch gab nicht gerade Anlass zur Begeisterung, die Zimmer waren eng und fast mittelalterlich, Lauri stieß mehrmals mit dem Kopf gegen den Türrahmen. Aber das Essen war köstlich und der Service gut. Es gab also nichts zu beklagen.

Finnische Verleger oder ihre Vertreter waren kaum anwesend, insgesamt nur zwei oder drei. Lauri und Kalle beschlossen, die heimatlichen literarischen Kreise sich selbst zu überlassen und sich darauf zu konzentrieren, das Reisetagebuch auf dem internationalen Markt anzubieten. Wenn sie von der Gebetsmühle schon in einem ersten Testlauf hunderttausend Exemplare bestellen konnten und wenn es in zwei Jahren Milliarden Anhänger ihres Glaubens geben würde, würde vor diesem Hintergrund das Reisetagebuch, das zwei unvergleichliche Gesellen wie sie verfasst hatten, sämtliche Konkurrenten aus dem Feld schlagen, meinte Kalle. Lauri glaubte zwar nicht an einen so großen Erfolg, versprach aber, fleißig für die gemeinsame Sache einzutreten.

Sie versuchten, mit mitteleuropäischen Verlegern zu verhandeln, aber die zeigten kein Interesse. Man erklärte den beiden, dass Paul Theroux mehrere Bücher speziell über Eisenbahnfahrten geschrieben hatte. Das wahrscheinlich beste hieß *Mit der Lokalbahn nach Patagonien*, ein Bericht über eine lange Bahnfahrt von Nordamerika bis zum südlichsten Zipfel Südamerikas. Anfänger sollten lieber nicht versuchen, hiermit zu konkurrieren, auch nicht mit der Schilderung einer chinesischen Bahnfahrt, selbst wenn der Zug neu und sein Tempo hoch ist.
Kalle gab nicht auf und schlug einen Abenteuerroman vor, in dem er und Lauri von ihren Erfahrungen in Indien und China und von ihren Begegnungen mit dem Schneemenschen und dem Dalai Lama erzählen würden. Das traf ins Schwarze. Sofort wurde ein Vertrag mit einem Verlag unterschrieben. Vorschuss gab es allerdings nicht, Geld würde erst fließen, wenn der Verleger das Manuskript in Händen hielte. Von solchen Kleinigkeiten ließen sich die Männer jedoch nicht beirren. Geld hatten sie genug, und außerdem war jetzt erst einmal Urlaub angesagt.
Die beiden Paare mieteten sich zwei Tandemfahrräder und radelten durch die schöne frühherbstliche Landschaft. Für Kalle Homanen gab es einen zusätzlichen Grund zur Zufriedenheit, den Umstand, dass sein Name als Erster auf dem Deckel des schönen Buches stehen würde, noch vor Lonkonen. Eine gewisse Ordnung musste sein, auch in der Literatur. Lauri sagte darauf, dass er ein solches Schundbuch notfalls mit geschlossenen Augen schreiben und es dann ausschließlich unter Kalles Namen veröffentlichen könnte, wenn ihm an solchem Ruhm so viel gelegen war.

30

Anfang Dezember hatten Lauri und Kalle das Exposé ihres Abenteuerbuches fertig. Was war ihnen nicht alles widerfahren! Ein Wunder, dass sie überlebt hatten. Als Lauri beschloss, zusätzlich ein paar Seiten über seine Erfahrungen im Finnischen Meerbusen und Kalle wiederum einige Details über seine Erfindertätigkeit hinzuzufügen, hatten beide das Gefühl, dass die ganze Geschichte recht spannend würde. Wenn die Reise an sich auch beschwerlich und gefährlich gewesen war, so war es alles andere als anstrengend, in schriftlicher Form davon zu berichten. Eine kleine Prise Stolz konnte durchaus in den Text mit einfließen. Schließlich reiste nicht jeder durch Asien und flüchtete am Ende durchs höchste Gebirge der Welt, noch dazu gemeinsam mit dem Schneemenschen.

Sie vereinbarten, dass Lauri die Naturbeschreibungen liefern und Kalle sich auf die Details der gemeinsamen Abenteuer konzentrieren würde. Lauri ermahnte seinen Freund, seinen Besuch im tibetisch-chinesischen Bordell nicht zu vergessen, aber das wollte der nicht versprechen. Stattdessen berichtete er von seinen neuesten erfinderischen Erfolgen und behauptete, derzeit eine großartige Methode zu entwickeln, mit der man den schwer schuftenden Landarbeitern in Entwicklungsländern und den Kindern, die dort in den großen Industriezentren eintönige Arbeit leisteten, helfen könnte. Er war nämlich dabei, Maschinen für die Automatisierung von Produktionsabläufen zu entwickeln, quasi Roboter, deren Herstellung billig wäre und mit denen man die am schlimmsten ausgebeuteten Arbeitskräfte ersetzen könnte. Die Roboter sollten preiswerter als der Stundenlohn eines unterbezahlten Arbeiters oder eines Kindes sein und das Ergebnis der Arbeit mindestens ebenso gut. Diese Roboter wären eine vernünftige Investition für die nach Profit strebenden globalen Kapitalisten. Die Erwachsenen, die dadurch arbeitslos würden, könnten für anspruchsvollere und mehr Grips erfordernde Tätigkeiten ausgebildet werden, und die Kinder könnten die Dorfschule besuchen, damit sie lesen, schreiben und rechnen lernten.

Lauri hatte sich in letzter Zeit angewöhnt, Kalles Ideen kritisch zu betrachten, und so hatte er auch jetzt seine Zweifel, ob die Kapitalisten und andere Ausbeuter genügend guten Willen hätten, Kalles Roboter anzuschaffen. Schließlich lief die Produktion ohne besondere Mühe auch mit lebenden Arbeitskräften. Aus sämtlichen Entwicklungsländern würden Hunderttausende armer Leute nach Europa drängen, und alle wären ohne Arbeit. Die Welt war einfach ein Hort der Gier, und Arbeitgeber waren da keineswegs besonders zahm.

Kalle musste zugeben, dass Lauri vermutlich recht hatte, aber trotzdem würde er nicht mit seinen Erfindungen aufhören. Eines Tages würde es ihm gelingen, Geräte zu entwickeln, die hilflosen und ungebildeten Menschen zu einem glücklicheren Leben verhelfen könnten.

Noch von einem weiteren Projekt erzählte er: Die ungelenken Wagen der Stewardessen, die die Gänge der Flugzeugkabine verstopften, müssten ersetzt werden. Es mussten Geräte her, die über den Sitzen schwebten und an Schienen unter der Decke entlangliefen, sodass sie weder den Stewardessen selbst noch den zur Toilette strebenden Passagieren im Weg wären. Zwar würde auch diese Erfindung kaum den Arbeitslosen oder den Kinderarbeitskräften in den Entwicklungsländern helfen, aber immerhin brächte sie Flugreisenden Erleichterung. Und schließlich kündigte Kalle an, Lauri noch vor Weihnachten seine allerneueste Erfindung vorzustellen, die dann für die passende Stimmung sorgen würde.

Lauri fand, dass weihnachtliche Stimmung tatsächlich wichtig war, denn der Dalai Lama beabsichtigte in dieser Zeit im Rahmen einer Europareise die nordischen Länder und hoffentlich auch Finnland zu besuchen. Da die führenden Politiker des Landes das geistliche Oberhaupt der Tibeter bislang nicht hatten treffen wollen, könnte dies doch eine weit mächtigere Persönlichkeit übernehmen, der Weihnachtsmann selbst. So würden sich zwei bedeutende Gestalten begegnen, und das in guter Mission: der Dalai Lama mit seinen religiösen und staatsmännischen Wünschen und der Weihnachtsmann mit seinen freundlichen Geschenken. Kalle war begeistert von Lauris Idee und sagte, dass er sich bemühen werde, noch bis Weihnachten eine nette Idee zu entwickeln, die sowohl zum Weihnachtsmann als auch zu den Anhängern ihrer Religion passen würde.

Kalle konzentrierte sich auf die Ideenfindung, und Lauri kontaktierte die indische Botschaft und über sie die Resi-

denz des Dalai Lama. Ganz recht, das Oberhaupt der Tibeter würde noch vor Weihnachten Skandinavien und auch Finnland besuchen! Lauri erklärte, dass er für den Dalai Lama ein Treffen mit dem Weihnachtsmann organisieren wolle, und er wolle außerdem dafür sorgen, dass die Medien einschließlich Funk und Fernsehen sowie auch Vertreter der Nachrichtenagenturen anwesend wären. Würde der Dalai Lama Sicherheitspersonal mitbringen? Natürlich. Er habe neuerdings einen erfahrenen Bergsteiger als Bodyguard, einen Mann namens Tsu. Außerdem gehörten zu seiner Begleitung ein Sekretär, einige weitere Mitarbeiter sowie zwei Mungos. Letztere seien gegen Ende des Sommers zwei Wochen in Brüssel in Quarantäne gewesen, sodass sie vermutlich ebenfalls nach Finnland mitkämen. Der Dalai Lama sei an die Tiere gewöhnt, auch sein Bodyguard habe eine sehr herzliche Bindung zu den beiden verspielten Tierchen.
Der finnische Teil der Reisevorbereitungen stand bald fest. Lauri plante für den Dalai Lama ein seiner Meinung nach stilvolles und beeindruckendes Programm, zu dem mehrere Treffen mit Politikern und Interviews ebenso gehörten wie eine Fahrt von Helsinki nach Nordostlappland bis zum Berg Korvatunturi im Weihnachtsmannland. Lauri fuhr vorab zusammen mit Irma nach Rovaniemi und Savukoski und traf mehrere Weihnachtsmänner, von denen sich der ehemalige Waldarbeiter Heikki Uuskairanen als der geeignetste erwies. Heikki war ein Hüne von einem Mann, er hatte ein von Wind und Schneestürmen gegerbtes Gesicht und eine dröhnende Stimme. Außerdem war er gerade im passenden Alter, er wurde demnächst siebzig. Er log, dass sich die Balken bogen, ver-

sprach aber, sich anständig zu benehmen, wenn er dem hohen Gast begegnen würde. Als Ort der Begegnung wurde ein großer Unterstand auf der finnischen Seite des Korvatunturi, unmittelbar im Grenzgebiet, auserkoren. Die Vorbereitungen bezahlte Lauri mit Kalles Erfindergeld.

Eine Woche vor Weihnachten kam endlich der heiß ersehnte Tag. Lauri und Kalle waren rechtzeitig nach Rovaniemi gefahren, um den hohen Gast zu empfangen. Die Begegnung auf dem Flughafen war herzlich, und siehe da, aus den Ärmeln von Schneemensch Tsu lugten die neugierigen Bartgesichter der Mungos. Sie waren also nach den Quarantänewochen in Brüssel für gesund und somit für reisetauglich befunden worden. Nachdem die Gesellschaft mit einer kurzen Zeremonie beglückt worden war, begab man sich ins Hotel. Gegen Abend bat der Dalai Lama Lauri und Kalle mit ihren Frauen in sein Zimmer, er hatte anscheinend etwas Lustiges vor. Und tatsächlich. Die Mungos waren in Aktion gewesen, sie hatten das Bett des Dalai Lama zerwühlt, und als Tsu sie ausschimpfte, glätteten sie alles flink und geschickt. Dann setzten sie sich hin und warteten auf neue Befehle vom Schneemenschen.

»Urk, urk.«

So sprach Tsu mit den Mungos, und es klang nicht mal übel. Die Tierchen flitzten sofort in den Bettbezug und zerrten die Decke heraus, und nachdem sie zur Belohnung einen Leckerbissen erhalten hatten, bezogen sie das Bett wieder und machten alles ordentlich zurecht. Eindeutig also, dass die Methode, die Kalle unlängst entwickelt hatte, ausgezeichnet funktionierte. Die lebhaften Tierchen

waren ebenso geschickt wie professionelle Zimmermädchen.
Am nächsten Morgen flog die Gesellschaft mit Helikoptern der Grenztruppen in die Einöde von Savukoski. Ganz an den Berg Korvatunturi kamen sie nicht heran, die Maschinen landeten fünf Kilometer vor dem verabredeten Treffpunkt, da im Grenzgebiet Flüge nur eingeschränkt erlaubt sind. Rentierschlitten wurden bestiegen, und im feierlichen Konvoi ging es bis ans Ziel, dazu leuchteten hell und warm die Weihnachtsfeuer. Ein paar Lappländer und der Weihnachtsmann warteten bereits, und sie waren tatsächlich alle nüchtern, so wie mit Lauri vereinbart.
Der Weihnachtsmann und die Rentiermänner joikten ein bisschen, anschließend sangen Lauris und Kalles Frauen finnische Weihnachtslieder. Die Lappländer brieten Rentierfleisch, der Weihnachtsmann röstete Wurst, und Lauri bereitete für den Dalai Lama indisch-lappländisch gebackene Grauforelle zu. Das Rezept hatte er vorab studiert, zu Hause mehrmals ausprobiert und ins Samische abgewandelt. Anstelle von Reis bot er gekochte einheimische Kartoffeln an. Alle hatten großen Hunger und ließen sich das Essen schmecken. Um die Mittagszeit war vom unteren Teil des Berghanges her eine laute Frauenstimme zu hören, und bald tauchte eine Gruppe von Skiläufern auf, angeführt von niemand anderem als Lapplands energischer Gouverneurin Hannele Pokka. Ihr folgten einige Offiziere der Grenzwache, dahinter wiederum schwangen der Kanzleichef der Bezirksregierung und mehrere Beamte die Skistöcke. Hannele Pokka legte ein erstaunlich hohes Tempo vor und brachte es dabei noch fertig, ein lebhaftes

Gespräch in Gang zu halten. Als die Chefin der Bezirksregierung den Unterstand und die versammelte Gesellschaft entdeckte, kam sie zielstrebig herbei und stellte ihre Begleiter vor. Sie war ziemlich verblüfft, als sie erfuhr, welcher Gast aus dem fernen Indien hier beim Weihnachtsmahl am Berg Korvatunturi saß. Der Dalai Lama, die Gouverneurin, die Beamten der Bezirksregierung, die Offiziere der Grenzwache, die Rentiermänner und der Weihnachtsmann sowie natürlich die Lonkonens und Homanens saßen anschließend mehrere Stunden beisammen und unterhielten sich über die Angelegenheiten und Probleme Indiens, Chinas, Tibets und Finnlands. Zwischendurch verteilte der Weihnachtsmann Geschenke. Die meisten Anwesenden erhielten Kalles neueste kleine Erfindung, ein vielseitiges Lesezeichen. Es enthielt eine winzige, leichte Taschenlampe zur Beleuchtung in nächtlichen Lesestunden, außerdem konnte man es auch als Taschenmesser, Korkenzieher, Schuhlöffel, Rückenkratzer und Pfannenwender benutzen.

Der Schneemensch bekam eine Gebetsmühle neuester Bauart, auf ihr hatte Irma Lonkonen ihr Leben im nächtlichen Ehebett gespeichert, da sie annahm, dass es den Empfänger interessieren würde. Tsu nahm den Schatz errötend entgegen und überreichte nun seinerseits Lauris Frau einen hölzernen Halsschmuck, den er seinerzeit im Himalaja geschnitzt hatte. In den Augen des Kirgisen, der einst das grimmige Raubtier in den schneebedeckten Bergen gespielt hatte, schimmerten echte Tränen.

Bevor die Dunkelheit hereinbrach, bestiegen die Gäste die Helikopter. Die Gouverneurin blieb mit ihrer Begleitung noch auf dem Berg, um die Weihnachtsstimmung zu genießen, der Weihnachtsmann und die Rentiermänner leisteten ihnen Gesellschaft. Tsu half den Damen und dem Dalai Lama beim Einsteigen. Seine Fahrt nach Helsinki und von dort weiter nach Indien begann – und bald war Weihnachten.

31

Mitte Januar veröffentlichten Lauri und Kalle auf ihrer Webseite eine Nachricht, in der das erste Treffen der Anhänger der Weltallreligion für Mitte Februar in Finnland angekündigt wurde, Versammlungsort würde der Inarijärvi im Norden des Landes sein.

Sie rechneten mit vielen Tausenden Anhängern, denn die Webseite hatte ein reges Interesse gefunden. Lauri und Kalle hatten bis zum Jahreswechsel mehr als eine Million Zugriffe verzeichnet. Zumeist handelte es sich einfach um Neugierige, die im Internet unterwegs waren, aber es gab auch etliche Menschen, die sich der Sache verschrieben hatten. Sie fragten an, wie die neue Religion in der Praxis auszuüben sei und wie man Kontakt zu den Glaubensbrüdern und -schwestern aufnehmen könne. Nun wurde also das erste Welttreffen einberufen. Lauri und Kalle sagten sich mit einem kleinen Grinsen, dass es an die mittelalterlichen riesigen Kirchentreffen erinnerte, auf denen der Papst und die Kardinäle den Gläubigen den Weg durch die Wirren der Jahrhunderte gewiesen hatten. Und in gewisser Weise erinnerte es auch an das Pilgerritual der Moslems in die heilige Stadt Mekka, wo Hunderttausende frommer Gläubiger andächtig in einem riesigen Kreis den großen heiligen Stein Kaba umrundeten.

Auf das Eis des Inarijärvi musste nicht extra ein heiliger Stein transportiert werden, denn der war in der westsüdwestlichen Bucht bereits vorhanden. Es war der uralte Opferstein der Sámi, der gewaltig hoch aufragende Ukko, auf samisch Äijih genannt, was so viel bedeutete wie alter Mann. Alles war also bereit und das Eis auf dem See fast einen Meter dick.

Der uralte Stein Ukonkivi war ein steiler, wild aussehender kleiner Berg mit einer Höhle in seinem Inneren, in der Lauri und Kalle eine neuzeitliche Kultstätte einrichten wollten. Ob das erlaubt war? Bestimmt durfte man den alten Ukko verehren, wenn man dort nur nichts schmutzig machte und die Heiligtümer der Sámi nicht antastete.

Im Inarijärvi hatte man große und kleine Maränen sowie Seeforellen gefangen, solange die Einheimischen denken konnten, und immer noch gab es dort einige Berufsfischer. In der Umgebung weideten Rentierzüchter ihre Herden, und vielerorts existierten noch Holzfällercamps aus den Zeiten der großen Abholzungen. Am Inari gab es keine Industrie, und nur wenige Menschen lebten dort, dennoch war die Gegend reich, schon allein durch die schöne Natur. Nun würden unzählige Ausländer anreisen, für die der eiskalte Winter im nördlichen Finnland bestimmt hart, aber dennoch ein schönes Erlebnis sein würde. Angesichts der im Februar zu erwartenden Fröste erkundigten sich Lauri und Kalle bei einem ausgewiesenen Experten, nämlich dem Schneemenschen Tsu, welche Ausrüstung er für den Aufenthalt auf dem winterlichen See empfahl. Tsu antwortete ihnen aus der Residenz des Dalai Lama, er schickte eine detaillierte Liste, die alles Notwendige enthielt, bis

hin zu Fäustlingen und Pelzmützen. Lauri und Kalle veröffentlichten die Liste unter der Internetadresse von Lonko-Homa.
Sie stellten außerdem mit großer Sorgfalt sämtliche Bus-, Bahn- und Flugverbindungen zusammen, ferner die Adressen von Verleihstationen für Mietwagen, nicht zu vergessen jene von Motorschlitten, ergänzt durch die Kontaktdaten der nordfinnischen Taxis, und all das veröffentlichten sie auf der Webseite.
Um den Ausländern die Anreise zu erleichtern, markierten sie die kürzesten Verbindungen nach Lappland, jeweils von Südfinnland, von Schweden und Norwegen aus, auch erwähnten sie, welche Möglichkeiten von Russland aus bestanden, auf dem Luftweg den Flughafen Ivalo zu erreichen, allerdings ging das nur über Helsinki.
Die Behörden räumten im Winter auf dem Inarijärvi stets mehrere Eisstraßen, auf denen die Einheimischen und die Touristen mit ihren Autos fahren konnten. Markiert waren sie durch hohe Fichten- oder Kiefernzweige, die in den Schneewällen zu beiden Seiten steckten, sodass ihr Verlauf auch im Schneegestöber und in der Dunkelheit zu erkennen war. Zu den längsten Eisstraßen gehörte jene von Juutuanvuono im Westen bis nach Nitsijärvi im Nordosten, noch länger aber war wohl jene von Veskonniemi bis weit in den Nordosten hinein, wo sich die Eisstraße auf dem Festland fortsetzte und den Benutzer bis in das Sámidorf Sevettijärvi führte. Alles in allem waren es an die hundert Kilometer.
Lauri und Kalle fuhren diese Straßen ab, um sicherzugehen, dass keine gefährlichen Risse im Eis aufgetaucht und dass die Markierungen in Ordnung waren. Einmal kam

ihnen ein einsamer Wolf entgegengetrabt, der aber Reißaus nahm, als er das Auto entdeckte.

Anfang Februar gingen immer mehr Anfragen ein. Es waren so ungeheuer viele, dass weder Lauri und Kalle noch ihre Ehefrauen es schafften, alle zu beantworten. Sie mussten sich damit begnügen, den Ausländern, die zum Treffen anreisen wollten, allgemeine Hinweise zu geben. In der ersten Februarwoche trafen bereits die Ersten ein. Anfangs waren es kleinere Gruppen mit jeweils einem Dutzend Personen, aber in der zweiten Februarwoche hielten sich in Ivalo bereits mehr als tausend Anhänger des neuen Glaubens auf. Die Flugzeuge und Busse waren voll mit Reisenden, und je weiter der Februar voranschritt, desto lebhafter wurde die Pilgerbewegung.

Zur Versorgung der Besuchermassen wurden auf dem Eis des Inarijärvi zehn Erste-Hilfe-Stationen und hundert Verpflegungsstationen eingerichtet. Um die Letzteren kümmerten sich die örtlichen Gaststätten- und Kioskbetreiber, die sich bemühten, den Ausländern lokale Delikatessen anzubieten, wie etwa Rentierwurst und Lapplandkäse. Für die Erste Hilfe sorgte das Rote Kreuz von Ivalo. Auch fünf Internetzelte wurden auf dem Eis errichtet.

Oben auf dem Ukonkivi wurde eine Fläche von etwa einem Aar freigeschaufelt und darauf ein Feuer entzündet, ringsum wurden etwa fünfzig Gebetsmühlen platziert. Sie stammten bereits aus tschechischer Produktion und schienen gut zu funktionieren.

Zwei Tage vor dem offiziellen Beginn des Treffens waren Schätzung der örtlichen Polizei zufolge mehr Leute angereist als zu den größten Skispielen vom Ounasvaara, nämlich insgesamt mehr als hunderttausend Personen, die meisten davon waren Ausländer. Die Gäste kauften Proviant ein und begaben sich auf den See. Am Vorabend des Treffens teilte eine Streife der mobilen Polizei, die den Straßenverkehr regelte, mit, dass allein in Veskonniemi mehr als siebzigtausend Reisende eingetroffen waren, zu Fuß, mit Taxis oder gecharterten Bussen. Im Kirchdorf Inari und um den Ukonkivi herum hielten sich fünfzigtausend Menschen auf.

Um die Polizei bei der Regelung und Überwachung des Verkehrs zu unterstützen, wurde die Grenzkompanie von Ivalo abkommandiert.

Am Tag des eigentlichen Treffens würden sich in der Gemeinde Inari vermutlich an die zweihunderttausend Ausländer aufhalten. Das Ereignis, das Lauri und Kalle inzwischen Völkerwanderung getauft hatten, machte ihnen allmählich Angst, und sie bereuten bereits ihre jungenhaft gedankenlose Gründung einer neuen Religion.

Am Tag der Andacht strömten vom frühen Morgen an immer mehr Ausländer auf den zugefrorenen See. Sie kamen zu Tausenden, zu Abertausenden, die Polizei konnte gar keine genauen Zahlen mehr ermitteln. Nie zuvor in der Geschichte der ganzen Gegend hatten sich auf dem Eis des Inarijärvi so viele Menschen gedrängt. Nicht einmal während des Zweiten Weltkriegs, obwohl damals Hunderttausende deutscher Soldaten Lappland besetzt hatten.

Zum Glück war das Wetter passabel: zwanzig Grad unter null, klarer Himmel und fast kein Wind. Die Gäste verteilten sich über die weiß schimmernde Eisfläche. Hier und dort wurden Lagerfeuer entzündet. Die Teilnehmer schlossen miteinander Bekanntschaft und umarmten sich. So empfahl es die neue Religion ihren Anhängern. Viele erzählten, dass ihr Leben eine neue Richtung bekommen hatte, da sie nun jeden Tag gute Taten begingen und Missetaten vermieden.

Am Nachmittag veranstalteten Züchter der örtlichen Weidegemeinschaft Fahrten mit Rentierschlitten und ließen eine hundertköpfige Herde zu Demonstrationszwecken am nördlichen Seeufer weiden. Die Tiere waren unruhig angesichts der riesigen Menschenmenge, aber die geübten Hütehunde hielten die Herde zusammen, sodass es zu keinen Schäden kam.

Die winterliche Polarnacht senkte sich bereits am frühen Nachmittag über den See mit all den vielen Menschen. Vom Plateau des Opferfelsens ertönten machtvolle Klänge aus Dutzenden von Gebetsmühlen. Die Gastgeber hatten verschiedene feierliche Musikstücke auf die Tonbänder überspielt, unter anderem den Pori-Marsch und sogar ein paar laestadianische Choräle. Die Stimmung war intensiv wie auf dem besten Pilgerfest. Ganz von allein und ohne besondere Aufforderung veranstalteten die Menschen eine spontane Freundschaftsandacht. Viele weinten vor lauter Glück und Freude. Ihre Reise hoch hinauf in den Norden hatte sich gelohnt. Keiner der Anwesenden hatte je etwas Vergleichbares erlebt.

Zahllose Menschen brachten Opfergaben in die Höhle im Ukonkivi. Im Schein von Taschenlampen hinterlegten sie dort Geldmünzen und Scheine aus aller Herren Länder, dazu Uhren und Schmuck.

Mit Einbruch des Abends und der Nacht flammten Polarlichter am Himmel auf. Um diese Jahreszeit waren sie hier im Norden üblich, aber so lebhafte Farbenspiele hatten selbst die örtlichen Rentiermänner nicht oft in ihrem Leben gesehen. Der ganze Himmel loderte in wechselnden Farben, und es war, als würden jene sonderbaren Feuer magische Geräusche verursachen – Zischen, Heulen, Knallen. Bald darauf war die ganze Gegend auf einmal von Donnergrollen erfüllt, das vom Ukonkivi kam und sich in alle Richtungen ausbreitete. Wie war es möglich, dass mitten im Winter und bei starkem Frost ein Gewitter tobte? Lauri und Kalle rannten zum Felsen und stiegen nach oben aufs Plateau, wo das Donnergeräusch seinen Ursprung hatte, und dort erhielten sie Klarheit: Es waren die Gebetsmühlen, die ihre Lautsprecher dröhnen ließen, und es dauerte eine Weile, ehe Lauri und Kalle sie dämpfen konnten. So hatte das internationale Treffen auf dem Inarijärvi einen bemerkenswerten Abschluss gefunden. Während der restlichen Nachtstunden begnügten sich die Mühlen damit, ruhige und fromme Stücke zu spielen. Das von fern herüberklingende wehmütige und hungrige Geheul eines Wolfsrudels genügte, die Rentierherde bis zur Dämmerung zusammenzuhalten.

Als es Morgen geworden war, verkauften die Veranstalter ihre Gebetsmühlen zu einem guten Preis an die ausländischen Teilnehmer, von denen viele erst einen oder zwei Tage später die Heimreise antreten wollten. So sehr hatte der Inarijärvi sie verzaubert.

32

Im Frühjahr fassten Lauri und Kalle den Plan, nach Indien zu reisen, um ihrem Restaurant einen Besuch abzustatten. Der Strohmann kam dort natürlich gut zurecht, zumal er zusätzliche Hilfskräfte eingestellt hatte, aber auch die Eigentümer wollten sich mal blicken lassen.

Anita und Irma ahnten, was ihre Männer planten, und hatten sich entsprechend vorbereitet. Sie erklärten kurz und knapp, dass sie keine neuerliche Asienreise billigten. Sie hatten eine bessere Idee. Die Männer könnten ihr indisches Restaurant an den jetzigen Leiter verkaufen, der als Strohmann sowieso der eigentliche Besitzer war. Falls sie unbedingt ihre gastronomischen Aktivitäten fortsetzen wollten, könnten sie am Ufer des Inarijärvi eine samisch-indische Gaststätte gründen, in der sie indisch gewürztes Rentierfleisch, Lachs und Moltebeeren anbieten könnten. Anita und Irma hatten sich über die Gegend und die vielen Vorteile, die sie bot, informiert.

Der Standort, den die Frauen ins Auge gefasst hatten, befand sich am südwestlichsten Zipfel des Sees, an einer großen Bucht namens Ukonjärvi. Dort gab es den schönen Berg Sovintovaara, und an seinem Ausläufer, unmittelbar am Seeufer, wollten sie das Restaurant gründen. Der Berg war schön, er war zwar kaum mehr als dreihundert Meter

hoch, aber von unten, vom See aus betrachtet, wirkte er imposant. In der Gegend gab es unzählige Natursehenswürdigkeiten und Gedenkstätten der örtlichen Geschichte. Ganz in der Nähe befand sich ein Gatter, in dem zwei, drei Mal im Jahr Rentierscheidungen stattfanden. Bäche, in denen man Gold waschen konnte, und die großen alten Waldcamps waren touristische Highlights der Gegend um Inari. Der See würde Edelfisch liefern, und die örtliche Weidegemeinschaft würde Rentierfleisch billig verkaufen. Im Herbst könnte man in den Mooren Moltebeeren pflücken und einfrieren. Bis zum Flughafen Ivalo waren es nur fünfzehn Kilometer. Die Landstraße, die gut in Schuss war, führte unmittelbar am Berg entlang, und auf ihr würden die Touristen anreisen, um die samisch-indischen Delikatessen zu genießen. Man sollte bei der Vermarktung der Gaststätte auch das samische Schamanentum mit einbeziehen. Vielleicht könnte man einen echten Schamanen als Hausmeister engagieren?
Die Frauen waren so überzeugt von den Möglichkeiten am Sovintovaara, dass Lauri und Kalle nichts weiter übrig blieb, als mit ihnen nach Ivalo zu fliegen, um sich vor Ort ein Bild zu machen. Die Ehepaare mieteten zwei Motorschlitten und fuhren an den Inarijärvi. Die Skisaison des Spätwinters war im Gange und Lappland voller Touristen. Die Landschaft sah in der klaren Winterluft prachtvoll aus, und es war eine verlockende Aussicht, dass es hier an dem großen See und am Fuße des hohen Berges mehrmals im Jahr eine Touristensaison gab: im Herbst *Ruska*, die Laubfärbung, zum Jahreswechsel Weihnachten, ab Februar die Skisaison, im späten Frühjahr Rentiersafaris und im Sommer Fischfang, Jagd, Pilz- und Beerenernte. Eigentlich

endete die Saison in der Gegend gar nicht, der Wechsel der Jahreszeiten gab ihr lediglich immer wieder einen anderen Charakter.

Mit dem Motorschlitten durchquerten sie die großartige Landschaft. Sie angelten auf dem zugefrorenen See, und die Frauen fingen eine kiloschwere Forelle, die sie gleich an Ort und Stelle über dem Feuer rösteten.

Anita und Irma hatten auf ihrer früheren Erkundungstour am Hang des Berges und ziemlich nahe am Seeufer ein großes Holzfällercamp entdeckt, das leer stand, da die Waldarbeiter heute von zu Hause aus mit Universalmaschinen in ihre Reviere fuhren. Seinerzeit hatten in dem Camp mehr als hundertfünfzig Mann gehaust und auf den spartanischen Pritschen geschlafen. In der Mitte des Gebäudes gab es eine geräumige Küche und am anderen Ende die ehemalige Chefabteilung. Lauri und Kalle beschlossen, das stabile Blockhaus zum Restaurant umzubauen. Die Küche würden sie modernisieren, die Pritschen und den mitten im Raum vor sich hin rostenden Ofen herausreißen und eine Ölheizung installieren. Die Fußböden würden sie erneuern und anschließend in der etwa zweihundert Quadratmeter großen Stube den Speisesaal einrichten. Kalles Erfinderzimmer und Lauris Arbeitsecke bekämen ihren Platz in den ehemaligen Räumen des Chefs, wo es lediglich Stromleitungen und die übrigen Anschlüsse für die moderne Technik zu legen galt.

Es schien eine gute und dauerhafte Lösung zu sein. Lauri und Kalle beschlossen, ihr Restaurant in Indien zu verkaufen und nach Lappland zu ziehen. Anita und Irma hatten am nahen Seeufer ein geräumiges Eigenheim gefunden, das der Besitzer zu einem moderaten Preis verkaufen wollte. Es ließe sich zu einem funktionierenden Doppelhaus umbauen, und die Landschaft vor den Fenstern wäre schön wie in einem Werbeprospekt.

Als sie zusammen das Camp besichtigt hatten, machten sie der Forstverwaltung ein Angebot. Anita und Irma hatten bereits Vorverhandlungen geführt, sodass schon nach gut einer Stunde die Zusage kam. Ebenso schnell verkauften sie das Restaurant in Indien an den Strohmann. Der Erlös aus dem Verkauf würde für den Umbau des Holzfällercamps reichen, so schätzten sie.

Im späten Frühjahr nahmen sie die Arbeiten in Angriff, gleichzeitig erwarben sie das Eigenheim am See und bauten es zum Doppelhaus um. Wenn sie das Ausschankrecht pünktlich bekämen, könnten sie das Restaurant noch vor der herbstlichen Laubfärbung eröffnen.

Lauri kaufte sich einen Rentierpelz, denn er wollte im letzten Schnee des Winters am Berghang den Job des Schneemenschen erproben. Im nächsten Winter würde er dann zwei, drei Mal pro Woche als Eisbär auftreten. Kalle versprach, ihm künstliche Tatzen von einem halben Meter Länge anzufertigen, so wie Tsu sie gehabt hatte. Besonders die Frauen fanden, dass sich Lauri in seinem Pelz gut machte, er sah wahrhaftig wie ein Raubtier aus.

Lauri und Kalle hängten in die robusten Fichten und Kiefern an der Landstraße jeweils im Abstand von zehn Kilometern Gebetsmühlen. Die Tonbänder versahen sie mit Werbung für das Restaurant, die die Mühlen immer dann herausposaunen würden, wenn es auf der Straße Bewegung gab. Auf diese Weise sollte die Botschaft ihren Weg in die Ohren potenzieller Gäste finden. Insgesamt vierzig Mühlen installierten sie, und alle stammten aus neuester

tschechischer Produktion. Auch nach Asien konnten sie mehrere Tausend Stück verkaufen.
Rechtzeitig vor *Ruska* wurde das Restaurant eröffnet. Bereits am ersten Tag erschienen etliche interessierte Gäste, ein vielversprechender Auftakt. Die Speisekarte enthielt indisch-samische Delikatessen wie Rentierpilahvi, in Tomaten geschmorten Saibling und Lapplandkartoffeln nach indischer Art. Auf den Toiletten wiesen zwei frivole Gebetsmühlen die Gäste ein. Sie wurden zur lokalen Attraktion und lockten Neugierige aus Hunderten Kilometern Entfernung ins Haus.
Im Sommer erwarben die Besitzer ein großes Ruderboot mit Außenbordmotor, damit fuhren sie die Gäste des Lokals zu den Landzungen und Inseln des Inarijärvi. Später bauten sie noch ein vierzig Quadratmeter großes Baumfloß, das sie mit einem Regendach versahen. Noch ein paar Tische und Stühle dazu, und natürlich eine mit Steinen isolierte Feuerstelle fürs Aufwärmen des mitgebrachten Essens. Das Floß war von Anfang an sehr beliebt. Es ankerte an häufig wechselnden Stellen, und man konnte mit dem eigenen Boot hinfahren. Die großartige Natur des Inari eignete sich vorzüglich für Boots- und Floßtouren.
Ganz besonderen Spaß machte es den Homanens und Lonkonens, auf dem Floß gemeinsame Mittag- und Abendessen zu veranstalten. Manchmal bereiteten Irma und Anita lappländische Delikatessen zu, die sie indisch würzten. So gedachten sie ihren Männer entgegenzukommen und deren Sehnsucht nach Südostasien zu dämpfen. An einem schönen Tag im Juli luden sie herrliche indisch-samische Delikatessen ins Boot und fuhren zum Floß am Nordostende des Sees, ans Ufer der fast fünfzig Kilometer

entfernten Insel Nilisaari. Das Floß war an einer verkrüppelten Kiefer festgebunden, und alles schien in Ordnung, auch ausreichend trockenes Holz fürs Lagerfeuer war vorhanden.

Es war Nachmittag und das Wetter klar, man konnte fast sagen, dass es heiß war. Der Wind kam aus Nordosten und wurde recht kräftig, störte aber nicht beim Feuermachen. Das meteorologische Institut hatte eine Sturmwarnung für den Nordteil des Bottnischen Meerbusens herausgegeben, aber davon ließ sich die Gesellschaft nicht beirren. Der Inari war ja ein Binnensee! Man wärmte das Essen und deckte die Festtafel.

Auf der wenige Kilometer westwärts gelegenen Reposaari, der Fuchsinsel, waren keine Füchse zu sehen, wohl aber etwa zwanzig Rentiere, einige lagen im Gestrüpp, andere weideten und fraßen Sumpfwiesenheu. Am Himmel kreisten große Seeadler, die, wie man annahm, auf den Inseln im Inari nisteten. Lappland zeigte sich von seiner schönsten Seite.

Zu Beginn des Mahls genoss die Gesellschaft eine indisch gewürzte Spargelsuppe und dazu dünne lappländische Brotscheiben, rieska genannt. Der Wind nahm zu, und weiße Schaumkronen zeigten sich auf den Wellen. Man erhob die Weingläser, und da der Wind aus Nordosten blies, band Kalle das Floß vom Baum los. Mit Rückenwind würde es über den See nach Südwesten, nach Hause, treiben. Die Stimmung war bestens und der Hunger groß.

Als kalte Vorspeise gab es kleine frittierte und typisch indische *Pakoras*, die außer pflanzlichen Zutaten auch Lachs und Ren enthielten. Nach zehn Kilometern Fahrt passierte die Gesellschaft die Insel Koutukinsaari. Der See schäumte

und tobte, aber das schwere Floß schaukelte nur sanft auf den wilden Wellen.
Als Hauptgericht speiste man *Tandoori salmonia*, am Vortag zubereiteten süßsauren, im Ofen gebackenen Lachs. Den Frauen gelang es gerade noch, das Gericht zu wärmen, dann fegte der Sturm das Feuer vom Floß in den See. Die Ausflügler mussten die Teller und Gläser festhalten, sonst wären die dem Feuer gefolgt.
Auf dem als gefährlich geltenden Kasariselkä schlugen bereits die Wellen über das Achterdeck, aber das nahm niemand schwer, denn der Wind trocknete die Spritzer auf der Kleidung sofort. Mit vereinten Kräften zogen alle vier das Boot aufs Floß. Ein paar Hocker landeten im See. Im Schutzhafen der Insel Malkosaari ankerte ein Fischtrawler. Die Lonkonens und Homanens fragten an, ob die Mannschaft Hilfe benötigte. Sie waren sicher, dass die Schiffsbesatzung die Rufe trotz des Sturmgeheuls gut hören konnte, denn die Gebetsmühlen auf dem Floß veranstalteten zur Unterstützung einen Höllenspektakel. Aber es war keine Hilfe erforderlich, und da die Gebetsmühlen nun mit aller Kraft den Pori-Marsch anstimmten, schipperte die Gesellschaft erleichtert am Schutzhafen vorbei.
Inzwischen brachen sich die meterhohen Wellen wild schäumend an den Ufern der Inseln, Zeit für die Nachspeise. Das gelbe indische *Shrikand* auf Joghurtbasis genoss man aus Glasschalen und im Stehen, denn der Sturm riss den Tisch mit sich. Alle waren sich einig, dass bei schwerer See sogar eine Süßspeise frisch schmeckte, eigentlich leckerer als im ruhigen, stickigen Wohnzimmer zu Hause.
Am Ende des Tages stieß das Floß endlich ans Südufer des Sees. Die mächtigen Wellen schoben den Bug praktischer-

weise mehrere Meter auf den glatten Felsen, sodass die Gesellschaft bequem aussteigen konnte. Die Männer befestigten Floß und Boot an den Bäumen, und dann wanderten alle nach Hause. Der Wind beruhigte sich, sodass beide Paare an ihrem Hausstrand noch baden konnten, anschließend legten sie sich in den Sand und bewunderten die unglaubliche Schönheit der nordischen Natur. Lauri und Kalle bedankten sich bei ihren Frauen für den herrlichen Tag und dafür, dass sie dafür eingetreten waren, sich in der wildesten und schönsten Gegend des Vaterlandes niederzulassen.

Ein finnischer Holzfäller, eine steinreiche Frau und jede Menge schlechter Manieren

Arto Paasilinna
VOM HIMMEL IN
DIE TRAUFE
Roman
Aus dem Finnischen
von Regine Pirschel
272 Seiten
ISBN 978-3-404-16031-0

Bei ihrer Bruchlandung mit einem Heißluftballon in der lappländischen Ödnis hat die steinreiche Lena Lundberg Glück im Unglück. Hermanni Heiskari sitzt gerade sinnend am Eisloch, als die vornehme Dame vor ihm vom Himmel fällt. Er rettet Lena und schleppt sie durch die nordische Wildnis. Als Dankeschön schenkt Lena ihm ein ganzes Jahr Leben in Saus und Braus. Und es kommt wie es kommen muss: Lena verliebt sich in den rauen Burschen. Schließlich ist er ein Prachtstück von einem Mann. Zugegeben, nicht gerade ein Gentleman, aber ein ungeschliffener Diamant ...

»Der famose Finne in der Form seines Lebens.« DIE WELT

Matti Rönkä
RUSSISCHE FREUNDE
Kriminalroman
Aus dem Finnischen
von Gabriele
Schrey-Vasara
192 Seiten
ISBN 978-3-404-16027-3

Viktor Kärppä ist cool, smart – und hat eine Spezialausbildung bei der Russischen Armee hinter sich. Nun lebt er friedlich in Helsinki. Bis das Haus, das er mit seiner Lebensgefährtin Marja eingerichtet hat, niederbrennt. Ursache: Brandstiftung. Kärppä hat sich in Russland offenbar jemanden ganz Großes zum Feind gemacht. Er muss dorthin reisen und sich in die Höhle des Löwen begeben ...

Ausgezeichnet mit dem Finnischen und dem Nordischen Krimipreis

Bastei Lübbe Taschenbuch

Intelligente Spannung, ein cooler Held und launig-lakonische Dialoge

Matti Rönkä
ENTFERNTE VERWANDTE
Kriminalroman
Aus dem Finnischen
von Gabriele
Schrey-Vasara
256 Seiten
ISBN 978-3-7857-6042-0

Viktor Kärppä bewegt sich zwischen den Welten. In Russland geboren, jedoch mit finnischen Wurzeln, hat er sich inzwischen in Helsinki gut eingelebt. Er bemüht sich redlich, sein »Business« in der Baubranche in legale Bahnen zu lenken. Als jedoch eine entfernte Verwandte aus Russland vor seiner Tür steht und ihn bittet, den verschollenen Ehemann zu suchen, gerät sein Alltag aus den Fugen. Denn kurze Zeit später wird der vermisste Mann ermordet aufgefunden ...

»Es zeichnet Rönkäs Romane aus, dass sie virtuos mit einem Klima der Angst spielen, die Bedrohungsszenarien aber nicht zwanghaft in Gewaltexzesse münden.« DIE WELT

Lübbe Paperback